UN AMOUR

EN

DILIGENCE

PARIS. — TYP. SIMON RAÇON ET Cᵉ, RUE D'ERFURTH.

GUSTAVE DESNOIRESTERRES.

UN AMOUR

EN

DILIGENCE

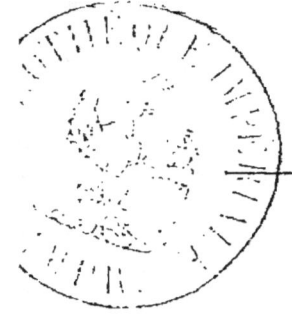

PARIS

LIBRAIRIE NOUVELLE

BOULEVARD DES ITALIENS, 15, EN FACE DE LA MAISON DORÉE.

1853

UN AMOUR

EN

DILIGENCE

Il y a deux ans de cela. Je venais de recevoir
une lettre de ma tante de Saint-Brice. Elle m'a-
vait déniché une femme, un parti magnifique
qu'il ne fallait pas laisser échapper. Bref, on me
mandait de venir dans le plus court délai ; tout
était conclu, arrangé, grâce à elle : je n'avais
plus qu'à me montrer et à épouser. Je ne savais,
du reste, rien de bien positif sur ma nouvelle fa-
mille, sauf pourtant le chiffre de la dot, qui était
alléchant. Mon beau-père futur était un riche né-

1

gociant, la perle des hommes, et veuf, ce qui
complétait et parachevait ses qualités. Quant à la
jeune fille, au dire de ma tante, c'était un bijou.
Je ne pris que rigoureusement le temps de faire
ma malle. Ma place était retenue pour le lendemain aux Messageries.

Au moment où nous montâmes en voiture, il
était sept heures du soir. J'avais droit à la première place du coupé, mais on m'avait devancé;
lorsqu'on ouvrit la portière, deux voyageurs,
dont une voyageuse, étaient déjà intallés. Au
reste, si l'on avait pris ma place, on m'abandon-
nait l'autre coin; cela revenait pour moi absolument au même : je ne réclamai point.

Vous vous figurez probablement que l'angle
opposé était occupé par cette femme, dont je n'a-
vais encore aperçu que les longues boucles blon-
des sortant d'un chapeau de velours noir : il n'en
était rien. Son compagnon de voyage s'était al-
loué, sans façon, la meilleure place, et s'y était
déjà enfoncé, comme s'il y eût été cloué pour
l'éternité. C'était un homme d'une cinquantaine
d'années, gros, riche en couleurs, le nez fleuri
et plantureux, la mine avenante et réjouie, l'air
commun au possible, mais en définitive l'air qu'on
désirerait aux maris des femmes qu'on courtise.

La jeune femme, celle que le manque absolu

le galanterie de son chaperon faisait ma voisine
car c'était une bien jeune femme, une enfant
pour mieux dire), ayant tourné la tête de mon
côté, par cette curiosité insoucieuse et machinale
qui fait qu'on regarde un indifférent, me mit à
même d'embrasser l'ensemble de cette jolie figure
d'ange. Imaginez-vous l'ovale le plus pur, la coupe
la plus gracieuse, une peau de blonde d'une frai-
cheur qui n'a rien de commun avec cette frai-
cheur lymphatique des Anglaises; des yeux bleus
vifs, où perçait un je ne sais quoi de résolu et
d'aventureux sous la réserve timide et chaste de
la vierge; des lèvres roses et un peu épaisses, ce
qui ajoutait au charme de ce visage ravissant.

Est-ce que, par hasard, me demandai-je, ce
monsieur serait le mari de cette enfant? De pareils accouplements ne sont que trop fréquents
dans une société où l'on se marie pour tous les
motifs, sinon peut-être pour le seul qui devrait
river ces chaînes destinées à n'être brisées que
par la mort seule. En tout cas, je lui sus gré de
son sans-gêne : je lui devais d'abord de ne l'a-
voir pas pour voisin, puis d'avoir sa compagne
pour voisine ; c'étaient deux services au lieu d'un.
Tout le monde était monté, les portières s'étaient
refermées sur le dernier voyageur, la trompette
du conducteur sonna, le postillon déchira l'air de

ce classique coup de fouet si bien compris des chevaux; la voiture s'ébranla et s'engagea, au galop, à travers les rues de Paris, qu'elle ne tarda pas à laisser derrière elle.

Comme on s'offrait à moi en profil, le chapeau de velours ne me laissait voir que le bas des boucles et un bout de nez rose. C'était déjà quelque chose, mais c'était loin d'être assez. Cet obstacle était agaçant, et je m'évertuais à envoyer le chapeau de velours à tous les diables, quand celle-ci, sans se douter de l'irritation secrète qu'il me causait, en dénoua lentement les brides et l'enleva tout à fait. Jamais je ne vis une plus admirable, une plus merveilleuse chevelure. Cette enfant-là avait pris la part de trois; et quels cheveux! Une torsade vigoureuse, nouée sans trop de souci, les arrêtait sur le derrière de la tête; deux peignes d'écaille fixaient, sur les tempes, en en découvrant voluptueusement les petites veines bleuâtres, deux gros rouleaux qui descendaient jusque sur son cou. Elle attacha d'abord son chapeau au filet de la voiture, puis elle tira d'un cabas en tapisserie un foulard des Indes qu'elle déplia et replia en cravate. Il paraît qu'on allait s'arranger pour la nuit. Effectivement, elle s'en enveloppa les oreilles et le fixa sous le cou par un nœud. Comme cela ne m'empêchait aucune-

ment de la voir, le foulard trouva grâce devant
moi. Quant au chapeau, il flottait pendu aux san-
gles de la voiture ; il le méritait bien.

Le monsieur, lui, n'était déjà plus de ce monde.
A peine s'était-il établi le plus confortablement
possible, qu'il avait clos sa paupière, et s'était mis,
comme on dit, à battre de l'œil, sans trop s'alar-
mer de la partie belle qu'il eût faite à un amant.
Si cet homme-là était dans la position de Bar-
tholo, il était loin d'envisager son rôle tant au
sérieux ; il en prenait et il en laissait, comme on
voit. Au reste, la nuit était tout à fait venue, la
lune n'était point encore levée, et une épaisse obscurité embrassait la campagne tout à l'entour.
Quoi de mieux que de dormir alors ? Les lanternes
jetaient bien quelque lumière dans le coupé, mais
cette demi-clarté n'était pas telle, qu'on pût voir
très-distinctement. La jeune fille, ou la jeune
femme, car je ne savais encore si c'était la femme
ou bien la pupille de mon dormeur, après cette
courte toilette de nuit, ne trouva rien de mieux
que de l'imiter. Des trois, bientôt je fus le seul
qui eût les yeux ouverts. Ma foi, qu'ils dormissent
l'un et l'autre jusqu'au jugement dernier, cela
m'était bien égal. Je collai la joue contre le
drap de la voiture, et je me mis à penser, faute
d'autre exercice.

Au fait, j'avais matière. N'avais-je pas cédé bien légèrement à des arrangements qui pouvaient convenir à ma tante infiniment plus qu'à moi? ma fiancée pouvait n'être pas tout autant de mon goût qu'elle se l'imaginait. Elle était jolie; mais comment l'était-elle? Il y a tant de manières d'être jolie! Comment était son nez? comment était sa bouche? comment étaient ses yeux? J'avais, à la longue, fini par me constituer un thème sur lequel ma pensée brodait amoureusement; j'avais, en un mot, complétement oublié mes voisins quand un grognement du gros homme m'arracha subitement à ce vagabondage dans le royaume des idées et des rêves.

— Ah çà! Fifine, vas-tu un peu te tenir? disait notre homme; tu m'écrases! Est-ce que tu me prends pour ton oreiller?

Grâce à cette exclamation suffisamment bourrue, je savais qu'on s'appelait Joséphine, dont Fifine est le diminutif passablement vulgaire : c'était toujours autant. L'on m'eût donné le choix, que j'eusse préféré, par exemple, à celui-là le nom de Marie, que portait mademoiselle de Courville, la jeune fille que j'allais épouser. Mais il n'y a pas de vilains noms, il y a de vilains visages, voilà tout.

Maintenant, voici ce qui était arrivé et ce qui

explique la plainte de mauvaise humeur du bonhomme.

Mademoiselle Fifine, puisque Fifine il y a, n'a-
vait pas tardé, comme je l'ai fait remarquer, à
s'endormir. Elle n'était pas commodément pour
cela. Secouée par le tangage de la voiture, elle se
trouvait dans la situation d'une pauvre plante
dont le vent agite la tige à tous les moments, et
qu'une dernière rafale va incliner à terre. Sa tête,
penchée d'abord sur son épaule, avait insensiblement emporté le reste du corps, et le tout ne s'é-
tait arrêté qu'en s'abattant sur notre dormeur.
Le poids de ce corps frêle et délicat ne devait pas
être énorme, et il fallait vraiment être un père
ou un mari pour se récrier et protester contre
une aussi charmante licence. On le prenait pour
son oreiller, et il se plaignait! on l'écrasait, et
c'est à peine si l'on pesait une once! Parbleu! ce
monsieur méritait bien qu'on ne prît plus à l'a-
venir son épaule pour un oreiller... et qu'on en
prît un autre.

La pauvre enfant, tout endolorie par les cahots
de la voiture et à demi réveillée, retira machinalement sa tête, sans mot dire, sans grande conscience de ce qu'elle faisait, et chercha à reprendre un sommeil interrompu si mal à propos. Cela
fut facile : elle n'avait pas soulevé les yeux; troi

secondes après, elle sommeillait de plus belle. Il
va sans dire que monsieur son papa, monsieur
son mari, monsieur son oncle ou monsieur son
tuteur, au choix, s'était également rendormi après
s'être délivré de ce poids *écrasant*. On n'en pouvait douter. Il est des gens qui, pour charmer les
loisirs du voyage, se munissent de tabatières à
musique ; cet homme pouvait, au besoin, me tenir lieu de ce divertissement : il ronflait comme
un tuyau d'orgue, de Barbarie s'entend. Je ne
sais sur quelle clef cela se jouait et combien de
bémols il y avait à la clef ; ce que je sais bien,
c'est que cela était affreux. A chaque seconde, il
me venait des envies folles de secouer le bras de
mon virtuose et de le prier de reprendre haleine ;
et très-probablement j'eusse cédé à la fin à l'aga-
cement que me causaient d'aussi étranges ac-
cords, si je n'eusse été à temps distrait par autre
chose. Cette autre chose, comme vous l'allez voir,
devait m'occuper assez pour me rendre sourd à
cette nasale et très-infernale harmonie.

En ce moment, la lune, cette blonde et mélan-
colique Phœbé, cette bonne déesse si chère aux
amants, commençait à montrer sa face sereine
sur le bleu sombre du ciel et à éclairer l'intérieur
du coupé. Bientôt j'y vis comme en plein jour.
Mes yeux, vous le concevez de reste, s'inquiété-

rent peu de ce spectacle presque féerique qu'offrent les arbres, les vallées, les collines, la verdure, l'horizon, tout le paysage se dessinant sur un fond de mine de plomb assez semblable à une vue prise au daguerréotype. Ma foi, j'avais mieux, pour l'instant, sans sortir de chez moi.

Les traits de la jeune fille, illuminés par cette lueur phosphorescente, s'ils perdaient un peu de leur teinte rosée, y gagnaient un charme indéfinissable. Je ne pouvais me lasser d'admirer cette adorable enfant dans tout le naturel et la simplicité de sa beauté à peine éclose. Elle me fascinait. Je vous jure bien que je ne pensais guère alors à la beauté que ma chère tante me réservait, et que j'allais épouser les yeux bandés et en confiance.

Mademoiselle Fifine, pour se conformer à l'assez maussade sommation de son père ou de son tuteur (rien encore ne m'avait édifié sur ce point), s'était rejetée en arrière et, par conséquent, un peu vers moi. Cette jolie tête, que la volonté ne pouvait retenir, cherchant vainement un appui, oscillait sur son cou blanc et un peu long, mais gracieux comme l'est le cou d'un cygne. Je vis avec un tressaillement inexprimable ce qui allait immanquablement avoir lieu : à chaque secousse de la diligence, l'inclinaison devenait plus accu-

sée, mon épaule semblait agir sur cette tête charmante comme l'aimant sur l'acier, elle l'appelait
à elle; celle-ci luttait en vain, elle se soutenait
encore, mais on sentait que son propre poids ne
pouvait tarder à l'emporter.

Avec quelles titillations d'impatience j'attendis
l'instant où, repoussée à droite, elle demanderait
à gauche ce support qui, cette fois, ne serait pas
inhumainement refusé! avec quelle crainte aussi
qu'elle ne se réveillât, ou qu'il ne se réveillât,
lui, le vieux, le père, l'oncle ou le mari! Ce qui
me rassurait à l'endroit de ce dernier, c'est que
la symphonie pastorale qu'exécutaient ses voies
nasales allait toujours son train, et était loin d'en
être au finale.

Quand un ami vient à vous, et que cet ami
n'est pas un de ces amis qu'on évite, c'est bien
le moins que vous lui épargniez la moitié du chemin : ainsi fis-je à l'égard de cette tête blonde
qui, à chaque seconde, rapetissait, par ses enva-
hissements, l'espace entre elle et moi. J'avançai
doucement le corps, je quittai sournoisement
l'angle dans lequel j'étais enfoui ; j'avais du reste
peu à combler pour nous mettre l'un et l'autre
en situation de nous joindre. Toutefois, je m'ar-
rêtai à quelques lignes du but, car il était important qu'on ne pût m'accuser de complicité au ré-

veil. La courbe s'arquait de plus en plus ; le moment n'était pas éloigné où la jolie tête allait perdre son centre de gravité et chercher un soutien qu'elle avait tout près d'elle.

Enfin !!! Elle était bien là, inclinée sur mon épaule, sommeillant avec la même sécurité, le même calme que si elle eût reposé sur son oreiller de batiste ! Sa respiration douce et régulière soulevait à temps égaux les deux ailes d'un nez mignon comme les amours ; sa bouche entr'ouverte laissait à découvert de petites dents bien rangées, blanches comme des perles et fines comme des dents de chatte. Oh ! que le diable connaît bien son métier, et qu'il sait admirablement s'y prendre de façon à ce qu'un pauvre homme n'en réchappe pas ! La portière opposée était ouverte et donnait accès à un air frais et allègre que le mouvement de la voiture ne contribuait pas peu à rendre incisif. Une bouffée d'air plus intense se précipita à travers la portière et me lança au visage le long rouleau de cheveux blonds qui pendait sur le cou renversé de la jeune fille.

Le reste du corps, insensiblement, avait suivi la tête ; j'en supportais tout le poids. Hélas ! la jeune fille, sous toute apparence, aurait le sommeil un peu moins long que la *Belle au Bois dormant*, moins long sans doute aussi que son *papa*, qui

jouait toujours des narines avec une vigueur des
plus rassurantes, sinon des plus réjouissantes.
Aussi, savourais-je mon bonheur comme ces mou-
rants auxquels les jours sont comptés et qui veu-
lent mettre leurs dernières heures à profit.

L'air fraîchissait de plus en plus ; un petit vent
rigide commençait à sévir. Je m'étais muni d'un
ample manteau ; je songeai à saint Martin, qui
donna à un pauvre la moitié du sien, et je me fis
un point d'honneur d'imiter cet illustre modèle
de charité chrétienne. Je tirai doucement l'étoffe
à moi, et la ramenai sur les genoux de la jeune
fille, que j'enveloppai avec la sollicitude d'une
nourrice pour son nourrisson.

L'abîme attire ; et la femme donc !

A force de contempler ce visage adorable que
le sommeil me livrait, je me sentis entraîné vers
lui par une fascination que chaque minute grandissait. Vous comprenez bien que je ne cédai pas
sur-le-champ au charme aspirant qui me solli-
tait. Je combattis, je luttai, je me gendarmai.
Avant d'obtempérer à l'abominable tentation, je
commençai par en avoir horreur et la repousser
bien loin. Ainsi procèdent les plus grands cri-
minels : d'abord, l'idée seule fait frémir, puis
elle devient moins hideuse déjà à être considérée
de nouveau ; l'on s'humanise à la longue, et, une

fois sur le terrain des concessions, vous savez où l'on s'arrête : la main dans le coffre de son prochain... ou les lèvres sur le front candide d'une jeune fille qui dort et ne peut se défendre, — ainsi que cela m'arriva.

Voilà mon crime avoué.

Mais, je vous le répète, et je ne saurais trop le répéter, non pour ma justification, qui est impossible, mais pour pallier un peu mes torts, je me débattis longtemps avec le malin et en désespéré. Que vous dirai-je ? Malgré mes efforts, mes yeux, comme fascinés, erraient des lèvres purpurines de la jeune fille à l'extrémité de cette petite et toute mignonne ligne blanche, le point de départ de deux bandeaux qui se terminaient par les merveilleuses grappes que je vous ai décrites ; ce front d'ailleurs était si blanc, si pur, et la distance qui m'en séparait si courte ! Était-ce donc si énorme d'obéir à cette loi d'attraction des corps les uns vers les autres ? Est-ce que deux pôles magnétiques commettent une action blâmable de se joindre ? et que faisais-je autre chose, moi, en approchant mes lèvres de cette peau si douce, que, comparé à elle, le satin eût paru aussi grossier que cette toile de Hollande dont Mazarin menaçait Anne d'Autriche pour l'autre vie ? Vous me direz que Dieu a donné à l'homme

le libre arbitre; mais je vous répondrai qu'il le
lui a donné la plupart du temps pour ne pas
s'en servir; car qu'est-ce que la volonté, le libre
arbitre, avec ces deux écueils de la volonté et
du libre arbitre : un esprit prompt et une chair
faible? Ce sont des pistolets sans poudre ni balle,
qui ne peuvent ni tuer un ennemi, ni défendre
leur possesseur. Ne me parlez pas de la volonté
appliquée au bien; ah! au mal, c'est peut-être
différent.

Au bout de tout, je me conduisis avec une rare
modération. Ce fut à peine si mes lèvres effleurèrent ce front virginal. Mais elles l'effleurèrent
trop encore. Il faut qu'il y ait dans le moindre
contact de l'homme avec la femme quelque chose
d'électrique et de bien subtil, pour qu'un frôle-
ment aussi délicat suffit à arracher celle-ci à l'assoupissement profond qui était le sien. Elle fit ces
deux ou trois petits mouvements convulsifs qui
précèdent le réveil, et ouvrit langoureusement
ses yeux gros de sommeil. Allais-je affronter son
regard étonné d'abord, puis indigné? ou bien fe-
rais-je le mort? En véritable poltron, j'optai pour
ce dernier parti. J'abaissai sournoisement ma
paupière, pas assez toutefois pour n'y point voir
tout aussi complétement que si j'eusse eu les
yeux tout grands ouverts, et je me pris à dormir,

au moins à faire semblant, de manière à ce qu'on
ne pût soupçonner le peu de sincérité de ce sommeil de commande.

L'air frais qui filtrait à travers la portière et
le bruit des roues ne tardèrent pas à dissiper les
vapeurs opaques qui flottaient encore sur son cer-
veau et à lui rendre la conscience formelle des lieux
où elle se trouvait. En découvrant que ce qui lui
servait d'oreiller était une épaule, et une épaule
qui n'était pas celle de son.. (comment dirai-je)?
de son parent, elle se redressa avec cette même
hâte du nègre qui s'aperçoit qu'à trois pas de
lui, dans les hautes herbes, dort au soleil un
énorme boa. Cela fait, elle glissa de mon côté un
regard confus et malheureux au possible, dans
l'idée sans doute de m'adresser des excuses. Un
autre à ma place se fût laissé demander pardon
fort humblement de l'avoir rendu, pour quelques
instants, le plus heureux des hommes ; je fus bon
prince, je demeurai dans mon coin, sans bouger,
immobile. Il ne me manquait plus, pour complé-
ter l'illusion, que de me mettre à ronfler comme
mon voisin ; mais j'avouerai que je n'eus pas l'héroïsme de pousser le dévouement à la couleur
locale jusque-là.

En me trouvant les yeux fermés, tout le corps
dans la posture d'un homme profondément as-

soupi, la pauvre enfant poussa un soupir d'allé-
gement : elle avait un poids de mille livres de
moins sur les épaules. Je dormais : donc je ne
m'étais aperçu de rien, donc c'était comme si
rien de cela n'avait eu lieu ; bref, elle en serait
quitte pour la peur. Je l'épiais à travers mes cils
abaissés, et je lisais aussi distinctement que dans
un livre sur cette physionomie mobile et singulièrement expressive.

Elle n'était qu'à moitié de ses surprises, et je
voulais voir quelle mine elle ferait en apercevant mon manteau. Je n'eus pas longtemps à attendre. Son regard s'étant incliné, elle ne parut pas
médiocrement ébahie de se trouver emmaillottée
de la sorte. J'eusse été éveillé, que, très-vrai-
semblablement, elle eût pris assez mal la chose.
Mais je dormais ; elle n'avait pas de rôle à jouer :
elle se contenta de soulever doucement le pan
dont elle était couverte et de le repousser de mon
côté.

Jusqu'ici, elle n'avait pas fait attention à moi ;
je pouvais avoir vingt ans comme je pouvais en
avoir quarante ; elle eût été fort en peine de dé-
cider enfin quel homme j'étais. Et pourtant, l'osé
de ma galanterie grandissait ou diminuait selon
l'âge. Aussi, pour le coup, se mit-on à me passer
en revue de la tête aux pieds avec une conscience

et une sécurité égales. Je n'étais pas précisément
en tenue de bal : j'avais au cou une cravate de
satin noir nouée plus que négligemment, un
pantalon brun, mon manteau bleu et une petite
casquette de voyage, pour l'heure assez aventu-
reusement perchée sur le derrière de ma tête,
comme si elle eût voulu faciliter l'investigation
dont j'étais l'objet. Ainsi que vous le voyez, il n'y
avait certes pas là de quoi relever mes avantages
physiques ; à coup sûr, j'étais un homme perdu
si mon juge n'était l'indulgence en chair et en os.

Mademoiselle Fifine m'observait curieusement ;
je me serais bien gardé de l'interrompre, et, puisque je suis en train de faire ma confession, je
vous dirai ingénument que la longueur de l'exa-
men me parut d'un assez bon augure. Je sais
bien qu'il n'y avait point encore de quoi chanter
victoire, mais enfin, pour me regarder aussi scru-
puleusement, il fallait qu'on trouvât que j'en va-
lusse la peine. Est-ce si mal raisonné ?

Quoi qu'il en soit, cette sorte de dissection ne
pouvait être éternelle. Il devait être vers trois
heures, et, pour les gens qui aiment à mettre le
temps à profit, il en restait trois au moins, sinon
quatre, à employer fructueusement. A dix-sept
ans, on dort partout et malgré tout, on dormirait
sur un volcan, on dormirait au bruit du canon,

à plus forte raison au bruit monotone des roues d'une diligence. Ma jolie voisine sentit de nouveau l'assoupissement la gagner, et bientôt elle succomba au sommeil.

— Parbleu ! pensai-je, mademoiselle, vous avez fait fi de mon manteau et vous avez eu tort ; l'air fraîchit de plus en plus ; vous jouez là un jeu à attraper un rhume bel et bien, si je ne préviens à temps les immanquables résultats de votre imprudence. Ah ! vous croyez que tout est dit parce que vous avez repoussé l'étoffe protectrice. Eh bien ! voilà qui vous trompe. Je suis fort entêté de ma nature, et j'ai mis dans ma tête qu'elle vous abriterait contre l'âpreté mordante de cette brise de nuit ; et cela sera, entendez-vous ? Il se peut que vous vous fâchiez demain, au réveil, mais vous ne pourrez pas faire alors que mon manteau ne vous ait garantie tout le temps que vous aurez dormi, et c'est là l'essentiel.

Ma première idée n'avait été que de partager mon manteau avec elle ; je m'en débarrassai cette fois complétement et je le posai le plus légèrement que je pus sur les genoux de la jeune fille, que j'avais une peur effroyable de réveiller, bien à tort, car elle dormait déjà du plus profond sommeil. C'était faire mieux que saint Martin : je me dépouillais tout à fait, quand lui s'était contenté

de trancher en deux le différend de la pointe de
son épée.

Il est vrai que le saint homme n'agissait qu'en
vue de Dieu, sans aucun mobile autre que la charité, et que moi j'agissais bien un peu en vue du
diable et avec une arrière-pensée qui sentait notablement le fagot : et cela atténue quelque peu
l'héroïsme de mon sacrifice, je dois en convenir.
Au reste, j'avais compris que, pour imposer à la
belle enfant la mitoyenneté de mon manteau, il
eût fallu que j'eusse été dans les mêmes condi-
tions d'intimité et de sans-gêne qui existaient entre
Paul et Virginie, de gracieuse mémoire, et j'avais
encore quelque chemin à faire pour en arriver là.

Je pris longtemps un plaisir ineffable à regarder dormir cette ravissante créature dont les
traits purs et reposés ne laissaient nul doute sur
la placidité de son sommeil. Assurément, les rêves lui arrivaient par la porte d'ivoire, et pas-
saient sur son esprit comme cette brise timide
qui effleure sans le rider le niveau poli d'un lac
de la Suisse. Il faut vous dire que notre mari,
père ou tuteur, jouait toujours des naseaux et
ne semblait pas devoir être de sitôt à la fin de
sa symphonie. Fut-ce le bercement soporifique de
ces sonores ronflements, fut-ce la contemplation
prolongée d'un même objet, fut-ce tout uniment

la fatigue et le besoin de repos ; ce qu'il y a de
sûr, c'est que, malgré moi, sans même en avoir
conscience, mes paupières se voilèrent, mes yeux
s'éteignirent, mon intelligence en fit autant : je
m'étais assoupi profondément.

Je fus réveillé en sursaut par une voix forte et
passablement rauque, qui n'était rien autre que
celle de mon gros compagnon de route.

— Conducteur, conducteur, la portière! Je
monterai la côte à pied.

Il faisait grand jour, mais la campagne, tout
autour de nous, était encore enveloppée d'un im-
mense réseau de vapeurs irisées par les rayons
d'un soleil naissant. La côte était longue et rapide, et il ne fallait pas moins de vingt bonnes
minutes pour la laisser derrière soi. N'allez pas
croire pourtant que ce fût de sa part commiséra-
tion pure ; le tuyau fluet d'une pipe de Cummer
sortait de la poche de côté de notre redin-
gote, et, à certain regard amoureux que je surpris, je devinai qu'un mobile tout personnel nous
déterminait autant et plus que le reste. Mon voisin, en quittant la place, me laissait la partie belle,
et je lui en fus aussi reconnaissant que s'il l'eût
fait tout simplement pour m'être agréable, ce
qui était moins encore que pour soulager ces cinq
chevaux épuisés.

Durant cela, la jeune fille s'était éveillée.

Mais celui-ci avait déjà disparu, quand elle aperçut mon manteau sur ses genoux. Il est des attentions qui, pour être mêlées des démonstrations les plus respectueuses, n'en sont pas moins pour cela fort impertinentes au fond, et j'eus quelque peur que les miennes ne parussent de ce nombre. On me jeta un regard rapide. On m'eût trouvé les paupières closes, qu'on se fût contenté d'écarter derechef et le plus doucement possible mon malencontreux manteau. Mais j'avais les yeux grands ouverts, et on ne pouvait pas le repousser du pied sans un mot de politesse pour son propriétaire, dût ce mot avoir cette politesse froide et hautaine qui guérit à l'avenir de pareilles démangeaisons d'obligeance. Je crus devoir sauver à la jeune fille l'embarras du remercîment.

— Mademoiselle, fis-je hypocritement, pardonnez-moi la liberté que j'ai prise de vous charger de cela. Mais monsieur votre père avait oublié de fermer la portière de son côté, et il s'était levé un petit vent glacial dont votre robe un peu légère vous eût mal protégée. Vous réveiller, c'eût été une cruauté, et je ne m'en fusse pas senti le courage : vous dormiez de trop bon cœur pour cela.

La jeune fille était devenue de la couleur d'une cerise.

— Monsieur, balbutia-t-elle d'une voix tremblante en se débarrassant du manteau, je vous
suis infiniment reconnaissante. Mais j'ai dormi
toute la nuit; c'était un moyen de ne pas s'apercevoir du froid.

— Et monsieur votre père a dormi aussi toute
la nuit.

— Oh! en voiture il dort toujours, et il dort
tout haut. Vous l'avez peut-être remarqué?

— Un peu, fis-je en souriant.

— Je m'en doutais. Il vous aura empêché de
dormir. C'est une bien mauvaise habitude... Moi,
je dors tout de même; j'y suis faite.

J'étais édifié sur un point : le brave homme
était le père et non un mari.

A ce peu de mots et au ton candide et ingénu
dont cela fut dit, je vis que j'avais affaire à une
pensionnaire en vacances que le papa ramenait
au pays. Mais si le ton annonçait une grande naïveté et une ignorance complète de ce pitoyable
livre qu'on ne lit ni sans fièvre ni sans danger,
et qui s'appelle la vie, il y avait sous cette timidité de vierge, pourtant, un certain air résolu,
aventureux; dans ce regard qui n'ose encore se
fixer, tant de feu et de passion en germe, que je
sentis que, si cette jolie poupée n'était point encore
une jeune fille, ce n'était plus aussi une enfant.

Les chevaux allaient au pas, la côte était tirante
et à pic. Quelques voyageurs de l'impériale et de
l'intérieur avaient mis pied à terre et marchaient
en tête de la diligence, les uns enturbannés de
foulards, les autres enveloppés dans leurs man-
teaux, tous s'efforçant de se dégourdir de leur
mieux et envoyant devant eux leur haleine préci-
pitée qui montait au ciel en spirale comme autant
de petites fumées blanches. Un peu en arrière
et cheminant gravement, le bonhomme du coupé
s'évertuait à bourrer et à allumer sa pipe, à cent
mille lieues de penser que son absence pût être
un péril pour son enfant. Quelque longue que soit
une butte et quelque lenteur qu'on mette à la
gravir, il est bien impossible qu'on ne finisse pas
par en voir le bout : ce fut la réflexion que je me
fis pour m'exhorter à profiter des instants bien
courts qui nous étaient octroyés, ne dussé-je cette
fois que sonder le terrain. Il faut bien commencer par quelque chose.

— Nous aurons une délicieuse journée ! m'é-
criai-je.

— Il fait bien du brouillard, remarqua la jeune
fille en regardant la nappe de vapeurs qui voilait
la campagne comme une gaze éblouissante.

— Oh ! laissez faire ; encore un peu, et le soleil
aura dissipé tout cela comme par enchantement.

— Il est bientôt temps qu'il fasse beau ; nous voilà au mois de mai, et toujours de la pluie et du froid jusqu'ici comme en hiver !

— Vous haïssez donc bien l'hiver ? Il a pourtant, ce me semble, ses beaux côtés. L'hiver, on va dans le monde, au bal ; on s'amuse, on danse, on polke.

— Mais quand on ne fait rien de tout cela ?

— Vous n'avez pas dansé cet hiver ?

— Oh ! si fait, monsieur. Je dansais très-souvent même... Mais, vous comprenez, toutes femmes entre elles, ce n'est pas très-réjouissant.

— Quoi ! rien que des femmes ?

— Oui, monsieur. Au couvent on ne laisse pas venir de jeunes gens. Les plus grandes de ces demoiselles faisaient les cavaliers. Mais ce n'est jamais la même chose.

Je faillis éclater de rire.

— Au reste, poursuivit-elle d'un air important, j'espère bien me dédommager l'année prochaine.

Voilà qui commençait à m'intéresser. Se dédommager, c'était, l'hiver suivant, aller dans le monde, aux fêtes, aux concerts, au bal, danser, polker à outrance. Mais, pour cela, il fallait n'être plus au couvent. Notre éducation serait-elle terminée ? Cela devait être, quoiqu'on eût bien encore quelques petites choses à connaître ; mais

ces riens-là, ce n'est pas le couvent qui les ap-
prend.

— On me marie, ajouta la jeune fille en bais-
sant les yeux.

Il y avait dans cet *on me marie* plus de choses
que dans un poëme en vingt chants.

Je ne voulus pas être en reste de confidence.

— Moi aussi, répondis-je aussitôt.

— Vous, monsieur?

— Hélas! oui, mademoiselle.

Mon *hélas!* ne fut pas remarqué, on n'entendit
qu'une chose; ce *moi aussi* avait suffi pour me
faire faire cent lieues en une seconde auprès de
la fillette, qui m'enveloppa d'un regard doux et
presque ami : je devais la sympathie subite qu'ex-
primaient ses yeux à ma position de fiancé, à mon
personnage de mari en herbe. Comme cela se
trouvait bien pourtant que j'allasse me marier!

— Bientôt? me demanda-t-on d'un air où la
timidité et la curiosité se servaient de contre-
poids.

— Mais à mon arrivée. Je ne quitte Paris que
pour cela.

— C'est comme moi, fit-elle à son tour.

— Mais vous, mademoiselle, c'est un mariage
d'inclination que vous faites?... vous le connaissez au moins, lui; tandis que m i...

— Tandis que vous, monsieur?

— Je ne connais même pas ma future.

— C'est comme moi.

— Quoi ! mademoiselle, vous...

La voiture venait de s'arrêter; nous étions au haut de la côte.

Avant que j'eusse eu le temps d'achever ma phrase, le papa avançait à la portière sa face rubiconde et reprenait son coin dans le coupé près de sa fille. C'était vraiment avoir du guignon !

Ce que j'avais prédit commençait déjà à se réaliser. Le brouillard se dissipait peu à peu devant les rayons d'un soleil éblouissant ; dans une heure ou deux, la chaleur serait accablante. La jeune fille fit voler le foulard de dessus sa tête, tira du cabas un petit miroir de poche et se mit à démêler, avec l'un de ses peignes d'écaille, les longs rouleaux dorés qui tombaient jusque sur ses épaules. La fatigue, le désordre le moins arrangé, des cheveux épars, des vêtements fripés, tout va bien à cet âge. Qu'elle était belle dans cette robe trop courte de pensionnaire, les yeux quelque peu bouffis encore par le sommeil, ses petits ongles roses crevant des gants de chevreau noirs qui demandaient des remplaçants, ses épaules à demi couvertes d'un tartan à carreaux verts et rouges, d'une date assez respectable, lui aussi ! Et cette

merveille de jeunesse et de gentillesse allait, demain ou après-demain, être la conquête de quelque courtaud de boutique, qui métamorphoserait
l'ange en dame de comptoir. Cela ne serait pas,
ou j'y perdrais mon nom !

La jeune fille, après avoir rétabli l'ordre et
l'harmonie dans son ondoyante chevelure, chercha quelque chose au fond de son cabas et en retira bientôt un rouleau de papiers que je ne tar-
dai pas à reconnaître à leur physionomie toute
spéciale. C'étaient des feuilletons. D'après cela, il
paraîtrait qu'on lit des romans au pensionnat, en
cachette peut-être, mais enfin on en lit, et le diable y gagne d'autant. C'était bon à savoir.

J'eus tout le loisir de songer à mon plan de
campagne, sans distraction aucune ; car, le nez
une fois dans son rouleau de journaux, rien pour
la fillette n'exista en dehors des trois colonnes de
front qu'elle dévorait avec une curiosité et une
avidité inexprimables. L'idée d'abord me vint de
commencer le siége en liant conversation avec le
papa, tactique assez habituelle en pareil cas. Ses
traits, francs et ouverts, semblaient promettre le
plus parfait accueil à mes avances. Mais je renon-
çai tout aussitôt à ce mode d'attaque, qui avait
bien ses inconvénients. D'ailleurs, il avait donné
sa parole, et, au point où en étaient les choses, la

sympathie que je lui eusse inspirée par mes cajo-
leries n'aurait vraisemblablement pu le déterminer
à rompre en ma faveur un mariage si près de sa
conclusion. Et puis, savais-je bien ce que je voulais, et n'eussé-je pas même reculé devant une
telle marque de confiance, dans l'hypothèse fort
gratuite où l'on m'eût instantanément mis le
marché à la main ?

Tandis que je m'interrogeais sur la manière
d'assaillir la place et de m'y créer des intelligen-
ces, la voiture marchait et le temps avec elle ; et,
du train dont j'allais, il était fort à craindre que
le terme du voyage ne me surprît aussi peu avancé
qu'au départ. Je commençais à me dépiter et à
me mépriser profondément pour l'indigence hon-
teuse de mon imagination, lorsque la diligence
s'arrêta à un relais où l'on avait coutume de sta-
tionner un quart d'heure.

Tout aussitôt une espèce de marmiton se pré-
senta à la portière, et invita les voyageurs à venir
prendre le café au lait, un consommé, quelque
restaurant.

— Parbleu! ce n'est pas de refus, ce n'est pas
de refus, murmura mon beau-père en expectative.
Allons, petite, dépêchons-nous! nous n'avons que
tout juste le temps d'avaler une tasse de café. On
ne couche pas ici, pardieu !

— Merci, mon papa ! répondit celle-ci, qui ne leva pas même les yeux de dessus ses journaux : je n'ai pas faim du tout.

— Bah ! bah ! une bonne tasse de café au lait chaud...

— Merci, mon papa, mais il est bien trop matin.

— A ton aise, et tant pis si, après, tu sens te tirailler l'estomac : ce sera ta faute.

Tout en parlant ainsi, il avait mis un pied et puis l'autre sur le marchepied de la voiture et se trouva bientôt à terre.

Je m'étais blotti dans mon coin, de façon à paraître le plus inoffensif possible. C'était un luxe de précaution que j'eusse pu m'épargner. Le brave homme n'était pas fort de guet ; l'idée ne lui était pas même venue qu'il pût être plus convenable et plus prudent de se faire accompagner de sa fille. Le marmiton m'invita également à descendre et à le suivre à la table des voyageurs ; mais je n'eusse goûté de vingt-quatre heures, que je n'aurais pas déserté mon poste en un pareil moment.

L'interpellation du garçon fit lever les yeux de la jeune fille sur moi.

— Vous n'imitez pas mon père ? me dit-elle.

— Non, mademoiselle. Ce n'est pourtant pas l'amour qui me coupe l'appétit.

— Comment, monsieur ! mais il n'est donc pas vrai que vous allez vous marier ?

— Hélas ! ce n'est que trop vrai ; mais ce n'est pas moi qui me marie, on me marie.

— Et si vous n'alliez pas aimer votre femme?

— Cela, j'en suis sûr !

— Dieu du ciel ! que deviendrez-vous donc tous les deux?

Je haussai les épaules d'un air de résignation apathique.

— Mais pourquoi dites-vous que vous êtes sûr que vous ne l'aimerez pas ?

— Pourquoi?...

Dans le fait, je ne savais si j'aimerais ma femme, mais j'ignorais tout autant si je ne l'aimerais point; la question était donc embarrassante par sa naïveté même.

— Pourquoi? repris-je sans trop chercher, parce que, ne sachant comment était ma femme, je me la suis façonnée à ma manière. J'ai son portrait dans ma tête tel que j'eusse voulu qu'elle fût si j'avais eu à la choisir; et, ce qui est plus que probable, si elle ne ressemble point à mon type, fût-elle plus belle, je sens que je ne l'aimerai jamais. Est-ce que vous ne concevez pas cela?

— Moi, je ne sais.

— Ne m'avez-vous pas dit que, vous aussi,
vous ne connaissez pas votre fiancé?

— Oui, monsieur.

— Et jamais il ne vous est arrivé de vous dire,
en songeant à cet inconnu : « Il sera ainsi, il res-
semblera à ceci? »

— Vraiment non.

— Mais s'il allait être laid ?

— Oh! cela ne se peut pas. Mon père m'a assuré que c'était le mari qui me convenait.

— Et vous pensez que ce qui semble ainsi à
monsieur votre père vous le semblera également?

— Cela doit être au moins.

— J'aurais donc bien tort de me désespérer à
l'avance, puisqu'on m'a assuré que la jeune fille
qui m'était destinée était un excellent parti.

Cet argument était assez serré ; il parut donner à réfléchir.

— Ainsi, monsieur, me dit-on après une pause
d'un instant, en se retournant brusquement vers
moi ; ainsi, vous, monsieur, vous vous êtes fait
en idée une image de celle que vous épouserez?
Elle est jolie d'abord?

— Oh! ravissante !

— Des cheveux bruns?

— Non, des cheveux blonds comme les vôtres.

— Et les yeux bleus, alors?

— Oui, de grands yeux bleus comme ceux qui me regardent en ce moment.

On se mit à rougir.

— Mais, monsieur, il ne s'agit pas de moi.

— Et si, par une de ces circonstances inouïes auxquelles on ne voudrait pas croire, vous ressembliez trait pour trait à *ma femme?*

J'eusse dit cela à tout autre qu'à un enfant, qu'on m'eût ri au nez ; mais j'avais affaire à une ingénue, le cas était bien différent.

— Vous la prétendiez si belle !

— Me suis-je trompé?

— Eh bien ! monsieur, me dit-elle avec une finesse qui me fit bien augurer de son esprit, si on est ravissante à aussi bon compte, je ne sais pas pourquoi vous vous désoleriez : vous rencontrerez une multitude de femmes ravissantes à ce degré-là.

Elle ne répondait qu'à un compliment, car elle n'avait pas le plus petit soupçon du but secret vers lequel tendait chacune de mes phrases : c'était à moi à me faire mieux comprendre.

— Dieu le veuille ! répliquai-je.

Il se fit une seconde pause, un nouveau silence.

— Monsieur, reprit-on enfin d'un air songeur, est-ce que tous les hommes qui se marient se font, comme vous, un idéal auquel doit ressembler, sous peine de n'être pas aimée, celle qu'ils vont épouser?

La jeune fille, sans le savoir, m'offrait la partie trop belle pour que je négligeasse d'en profiter. Il ne s'agissait pas ici de dire vrai, mais de réussir : la fin n'a-t-elle pas toujours légitimé les moyens?

Je répondis donc affirmativement, avec le plus impudent aplomb.

— S'il en est ainsi, poursuivit-elle, *lui* aussi doit avoir son idéal...

— Qui cela?

— Mais, monsieur, celui que j'épouse, me fut-il répondu avec une certaine impatience. Eh bien, s'il s'est avisé, comme vous, de se fabriquer une image dont il ne veuille pas démordre en ma faveur, je dois me résigner à n'être jamais aimée de mon mari... est-ce vrai?

— Mon Dieu! mademoiselle...

— Oh! n'essayez pas de me rassurer. Mon mari ne m'aimera jamais; car se peut-il que je ressemble juste à son idéal?

— Ah! s'il vous avait vue...

— Mais il ne m'a pas vue. Mon père lui-même ne l'a jamais vu.

— Quoi! pas même votre père?

— Non, monsieur : c'est un mariage arrangé
entre parents. Mon père est riche ; il me donne
une grosse dot. Le jeune homme a présentement
une assez jolie fortune, à ce qu'il paraît, et de
brillantes espérances ; et mon père n'en a pas demandé davantage. S'il s'était encore informé, auprès des parents, de l'idéal de mon futur ! C'était
pourtant bien la moindre des choses, n'est-ce pas ?

— Sans doute.

— Cela une fois connu, il eût su à quoi s'en
tenir et si c'était là l'homme qu'il me fallait. Et
j'ai bien peur, à présent, d'être malheureuse pour
le reste de mes jours ; car je serai assurément
malheureuse si je m'aperçois qu'il ne m'aime
pas !

— Et croyez-vous que ce soit là le seul écueil
que vous ayez à redouter ?

— N'en est-ce donc pas beaucoup trop déjà ?

— Mais, mademoiselle, vous prétendez être
aimée de votre mari ; cela implique, si je ne me
trompe, le besoin de le payer de retour.

— En avez-vous pu douter, monsieur ?

— J'admets que vous ressembliez trait pour
trait à l'être idéal qu'il a rêvé ; qui vous assure
que vous seriez disposée à lui rendre affection
pour affection, que vous l'aimeriez enfin ? Il peut
n'être pas beau, il peut n'être pas spirituel ; il

peut être tout cela et ne pas vous plaire, car l'a-
mour ne se commande pas.

— Oh! monsieur, vous m'épouvantez! Mais
c'est vrai, cela, je puis ne pas! Et si je l'aimer
ne l'aime pas et qu'il m'aime, ce sera pis encore
que si nous ne nous aimions ni l'un ni l'autre...

En cet instant, nous entendîmes la voix pres-
sante du conducteur qui gourmandait la lenteur
des voyageurs.

La jeune fille posa vivement le doigt sur sa
bouche et me dit :

— Voici mon père!

En effet, le bonhomme montrait alors sa tête à
la portière, et il se trouva bientôt réinstallé dans
son coin. Sa fille s'était à la hâte emparée des
journaux, que notre dialogue lui avait fait complétement oublier. Mais ces pages si dramatiques,
si émouvantes pour sa jeune imagination, avaient
perdu tout leur prestige; elles avaient pâli devant une réalité autrement intéressante pour elle :
car c'était de tout son avenir qu'il retournait, et
cela valait bien la peine qu'on y songeât.

Je pouvais me frotter les mains : son imagination travaillait au bercement monotone de la voiture, qui filait rapidement sur une route pou-
dreuse et unie comme une glace. Par moments,

elle sortait de sa rêverie et tournait vers moi un regard qui décelait indiscrètement ses pensées. Son père, à plusieurs reprises, chercha bien à l'arracher à ce silence désespérant ; mais elle répondait par oui et par non, et retombait dans le même mutisme persistant. Pas un événement, pas le plus léger incident, jusqu'à B***, où s'arrête la voiture un peu moins d'une heure ; on eût dit le coupé composé de sourds-muets.

Cette fois, la jeune fille descendit avec son père et gravit les deux degrés qui mènent à la table d'hôte du Cheval-Blanc, où les Messageries ont coutume de s'arrêter.

Vous vous figurez sans doute que je n'eus rien de plus pressé que de suivre ma belle et de m'y prendre de façon à me poster à table auprès d'elle. Eh bien, point. J'avais aperçu en face du Cheval-Blanc une misérable gargote dont l'enseigne portait : « Au rendez-vous des voyageurs, » et qui s'était établie dans le voisinage des diligences, à l'intention des petites bourses. Je m'y précipitai et m'installai à une table recouverte d'une serviette d'une blancheur et d'une propreté problématiques. Je sentis sur mes talons tout le personnel de l'impériale et de la rotonde qui venait là chercher pour trente sous un repas qui lui eût coûté trois francs de l'autre côté de la rue. J'étais en belle compagnie, comme vous voyez. Un garçon vint à moi.

— Que veut monsieur?

— Une plume, de l'encre et du papier, et dépêchez-vous.

Le pauvre diable me regarda avec stupéfaction. Toutefois, il se hâta d'aller chercher ce que je lui demandais, et revint, quelques instants après, avec une plume en détresse, une écritoire au fond de laquelle dormait une encre épaisse comme de la boue, et du papier à lettres qui ressemblait bien plutôt à du papier à sucre. Mais c'était à prendre ou à laisser. Je me résignai.

— Et maintenant que désire monsieur?

— Ce que vous voudrez, répondis-je en ouvrant le bec de la plume sur l'ongle.

— Monsieur veut-il un potage gras?

— Soit, un potage gras.

Aussitôt qu'il m'eut laissé, je me mis à l'œuvre. Ma plume allait à fond de train sur le papier; suivez-la, si vous pouvez, à mesure qu'elle vole d'un bout à l'autre avec la vélocité d'une locomotive.

« Mademoiselle,

« Ce n'est pas un hasard, c'est le doigt de Dieu qui a fait que nous nous sommes rencontrés, sans nous chercher, sans nous connaître, au moment où nous nous précipitions, tête baissée, dans un avenir de regrets et de malheurs. Moi, je pars pour un mariage que mes pressentiments repoussent ; vous, vous quittez votre couvent pour épouser, qui? Un homme que vous n'avez jamais vu, que vous n'aimez pas encore, que vous n'aimerez peut-être jamais! Tenez, notre conversation si courte a été pour moi un jet de lumière. Ce mariage, auquel j'accédais si imprudemment, ce mariage, je le romps dès ce moment, quelles que doivent être les conséquences de ce dernier parti. Je veux aimer ma femme et je veux en être aimé.

« Je vous disais tantôt que j'avais la triste conviction de ne pouvoir aimer celle que j'allais pourtant épouser. Vous m'avez questionné, et je vous ai répondu que ce qui établissait cette quasi-certitude, c'était l'impossibilité que cette jeune fille ressemblât au type invariable que je m'étais imposé. C'était là une raison, mais ce n'était pas l'unique; j'en ai une autre plus décisive, mademoiselle, et celle-là, c'est que cet idéal, que je rêvais depuis des années, je l'ai trouvé enfin. Hélas ! ce rêve, qui est devenu une réalité, à peine l'ai-je entrevu, qu'il va me falloir y renoncer. Elle se marie, elle aussi ; on la marie, pour mieux dire,

et, dans quelques jours, elle sera à un autre, qui
peut être un homme sans cœur, et qui, en tout
cas, ne l'aimera pas comme je l'aurais aimée.

« Ah ! si la fascination avait été mutuelle, tout
ne serait pas perdu peut-être ; car, quelque faible,
quelque soumise qu'elle soit, la jeune fille qui a
un amour dans le cœur se sent la force de se conserver pour lui. Mais si on m'a vu, si quelques
phrases rapides se sont échangées entre nous,
c'est le seul avantage que j'aie sur mon rival, et
moi-même je comprends que cela ne peut suffire.

« Eh bien, qu'il ne soit pas question de moi : je
n'ai aucun droit, aucun titre valable ; je ferai ab-
négation de ma propre cause pour ne plus me
préoccuper que d'elle. Qu'elle ignore qu'il existe
au monde un homme qui eût voulu lui consacrer
sa vie ; mais qu'elle songe à elle-même et ne tente
point un pas de plus dans la voie vers laquelle on
la pousse ! Qu'elle fasse comme moi, qu'elle dise
non, même après le oui qu'elle s'est laissé arracher, puisqu'il en est temps encore ! Hélas ! il
y aurait quelque chose de mieux à dire, et ce quelque chose, ce serait à moi qu'il faudrait le dire.
Comprenez-vous ce que signifie cette phrase am-
biguë que je n'ose formuler plus clairement ?

« Lisez ceci, mademoiselle, et lisez-le, si c'est
possible, avec votre cœur ; et si ma lettre vous

semblait téméraire, n'accusez que la gravité et l'imminence des circonstances qui nous commandent et qui me font parler. »

A peine avais-je touché au potage que le garçon m'avait apporté, ainsi qu'aux deux ou trois autres plats qu'il lui plut de me servir, car je lui en laissai le tout; après avoir écrit ce qu'on vient de lire, je pliai ma lettre, je payai l'addition et sortis. Les chevaux étaient à la voiture.

J'aperçus la jeune fille du coupé. Elle regardait autour d'elle; évidemment elle cherchait quelqu'un ou quelque chose. Ses yeux finirent par rencontrer les miens, et changèrent subitement de direction, comme des voleurs qui entendent le retentissement, à quelques pas d'eux, des bottes de gendarmes. Était-ce moi qui préoccupais et qu'on cherchait de cet œil inquiet ?

Les feuilletons de la jeune fille se trouvaient précisément à ma place; je les pris, je glissai entre l'un des feuillets mon manifeste amoureux, et je remis ensuite le tout à ma voisine, qui me remercia de son plus gracieux sourire.

J'avais eu lieu de faire une remarque dont je pouvais tirer quelque parti; cette remarque est celle-ci : c'est que le cher père était une de ces natures actives qu'un *far niente* prolongé n'accommoderait guère. Pour ces natures-là, il n'y a pas ce milieu entre agir et dormir que remplit la pensée, que remplit la rêverie chez les organisations poétiques et contemplatives. Notre homme avait cherché à causer ; et, ne rencontrant que des visages moroses et taciturnes, il avait pris son parti et s'était endormi, comme nous l'avons vu. Je me dis qu'en ne lui offrant pas le moindre prétexte d'engager la conversation il fermerait les yeux derechef et ferait, pour nous être agréable, un nouveau somme. Et j'avais, pardieu ! raisonné juste. Dix minutes à peine s'étaient écoulées, que la musique, — vous savez, cette musique? — emplissait le coupé de ses notes ronflantes : ronflantes, ici, est le mot propre.

La jeune fille me regarda avec un franc sourire.

— Je vais le réveiller, me dit-elle; c'est à ne pas s'entendre.

— N'en faites rien, lui dis-je vivement, ce serait une vraie barbarie.

Elle tenait à la main son paquet de journaux ; mes regards étaient trop ardents pour ne pas embarrasser même cette exquise et complète innocence; elle redressa la corne désignatrice faite à la page où elle s'était arrêtée, et reprit sa lecture. Elle n'avait pas achevé une demi-colonne, que ma lettre glissait entre les feuillets et tombait sur ses

genoux. Elle parut surprise, s'empara du papier,
et le tourna sur tous les sens. Bien m'avait pris
de ne pas le cacheter; car, ne sachant ce que c'é-
tait, elle eût, selon toute probabilité, reculé devant le bris du cachet. On lui avait prêté ces feuilletons, une camarade de pension sans doute : elle
s'imagina que ce papier était quelque griffonnage
insignifiant, et le déplia, bien éloignée de s'attendre
à ce qu'il contenait.

A peine eut-elle parcouru les trois premières
lignes, qu'elle ne put douter que la lettre ne s'a-
dressât à elle, et aussi que j'en fusse l'auteur.
Elle s'interrompit et se tourna vers moi, comme
pour me demander ce que cela pouvait signifier.

Je me penchai à son oreille et lui dis d'une
voix suppliante :

— Je vous en prie, lisez !

Lu à part, à distance surtout de celui qui l'a-
vait commis, mon poulet était convenable; il ne
pouvait offenser celle qui en était l'objet. Mais
vites-vous jamais amant forcer sa maîtresse à lire
en sa présence sa première lettre d'amour? Une
coquette eût tout à fait perdu contenance; il n'y
avait qu'une ingénue qui pût sortir de là. Je dis
une ingénue, parce que, dans de pareils cas, il faut
particulièrement de la candeur et du naturel, et
que l'esprit ne fait qu'embarrasser.

Celle-ci lut ma prose jusqu'au bout, rougit ex-trêmement vers le milieu, mais n'en poursuivit pas moins sa lecture. Puis elle replia le tout et me le tendit.

Je repris ma lettre, mais j'étais bien déterminé à pousser má pointe.

— Mademoiselle, lui dis-je d'une voix où l'é-motion n'était pas simulée, vous n'avez pu vous méprendre sur l'intérêt plein de respect que vous m'avez inspiré... Acceptez-vous une amitié qui, pour ne dater que d'aujourd'hui, n'en sera pas moins dévouée, je vous jure?... Peut-être n'au-rez-vous jamais plus besoin qu'en ce moment d'un guide et d'un ami.

— Monsieur... balbutia la pauvre enfant, étour-die autant que remuée par ces grandes phrases qui étaient venues d'elles-mêmes au bout de mes lèvres.

— Voyons, que comptez-vous faire? poursui-vis-je avec le même entraînement.

— Que voulez-vous donc que je fasse? murmu-ra-t-elle en me regardant d'un air interrogateur.

— Obéirez-vous? consentirez-vous à ce ma-riage?...

— Mais maintenant, monsieur, puis-je dire que je refuse... quand on n'attend plus que ma présence pour terminer?...

— Est-ce là votre seule objection?

— Hélas ! monsieur, celle-là suffirait.

— Vous pensez?

— Mais vous, monsieur?

— Moi? vous voyez bien que je pense un peu différemment, puisque, bien qu'au même point que vous, bien qu'on ait engagé ma parole, je suis résolu à garder ma liberté, à ne l'échanger, veux-je dire, que contre une chaîne plus douce mille fois que la liberté même.

— Oh! vous, vous êtes un homme.

— Et c'est parce que vous êtes une femme que l'abîme est plus profond. Un homme malheureux dans son ménage peut en sortir; une femme y demeure emprisonnée comme dans un cachot sans issue. Le mari malheureux n'est malheureux qu'à demi; la femme mariée, lorsqu'elle est malheureuse, l'est bien complétement, bien irrémédiablement, elle.

Je procédais par intimidation.

— Sans doute, murmura-t-elle d'une voix altérée, je vois bien que je serai malheureuse... Mais je ne vois pas de même le moyen d'empêcher que cela ne soit.

— Supposez-vous donc que monsieur votre père?...

— Mon père? s'il savait seulement que j'eusse

la pensée !... Il n'est pas méchant et il m'aime bien, mais je crois qu'il me tuerait. D'ailleurs, sa parole est donnée; et il n'est pas homme à la retirer, lui fût-il démontré que ce mariage dût être le malheur de toute ma vie.

La jeune fille poussa un soupir de découragement et de résignation douloureuse qui ne faisait pas mon affaire. C'était de la révolte et non de la soumission que je voulais.

— Ainsi donc, repris-je après une courte pause, vous obéirez ?

Elle me regarda fixement.

— Est-ce que vous pensez que je puisse m'en dispenser ? Voyons ! connaissez-vous un moyen de forcer mon père à rompre ce mariage; dites, en connaissez-vous un ?

— Peut-être, répliquai-je avec un tressaillement inexprimable.

— Oh ! parlez alors, dit-elle avec impétuosité ; et que faut-il que je fasse ?

La situation était singulièrement délicate, je touchais presque au but ; mais ce qui me restait à faire n'était ni le moins ardu ni le moins épineux, et pour en être arrivé aux dernières scènes, je n'en étais pas plus à l'abri de la chute. J'hésitais, malgré tout, à lâcher ce mot décisif. Cependant il fallait parler, le temps et la jeune fille m'en pressaient. J'allais obéir, lorsque le malencontreux réveil du bonhomme brusqua, à son plus beau passage, la fin de notre conversation. C'était la troisième fois que pareille chose arrivait ; cela ressemblait fort à ces feuilletons qui cessent précisément au moment où l'intérêt devient palpitant, et vous renvoient sans pitié au prochain numéro. La petite fit un geste d'impatience : son père ne pouvait pas dormir cinq minutes de plus !

Elle reprit ses journaux, qu'elle avait de nouveau laissés glisser sur ses genoux ; moi, je collai la joue sur le drap de la voiture, et j'abaissai la paupière comme quelqu'un qui s'apprête à dormir. Grâce à cette double manœuvre et devant un mutisme aussi persistant, celui-ci ne trouverait rien de mieux sans doute que de prolonger indéfiniment la sieste. Si ce fut l'espoir de la jeune fille, il ne fut aucunement réalisé. On avait un trop-plein de sommeil qui faisait craindre que le reste du voyage ne s'effectuât pour lui les yeux ouverts.

Il n'y avait pas là de quoi rire : échouer si près du but ! Toute l'après-midi et la soirée se passèrent dans l'attente de quelque incident heureux qui, d'une façon ou d'autre, nous débarrassât de ce cerbère sans le savoir.

Vers onze heures, nous nous arrêtâmes à L*** ; on y soupait.

J'allai m'asseoir en face de la jeune fille. Elle
fut tout étonnée en m'apercevant. Au précédent
repas, je m'étais évaporé, vous en savez le pourquoi, et peut-être supposait-elle que je profiterais
de cette nouvelle halte pour donner un pendant
à ma première lettre. Mais cette dernière n'eût
pu être que la reproduction et la paraphrase de
son aînée, et, par conséquent, elle n'avançait en
rien mes affaires.

Dans l'impossibilité de parler à la jeune fille,
je lui lançais fréquemment de ces coups d'œil si-
gnificatifs que des complices savent échanger à
la dérobée. Non-seulement on affrontait mon regard, mais encore on y répondait avec une inno-
cente et candide audace. Je n'étais point un amant,
j'étais une providence. Toutefois, il y avait de la
bouderie, de la contrariété et du mécompte dans
les yeux de l'enfant. Bien qu'elle m'eût forcé de
reprendre ma lettre, elle en espérait une seconde,
et elle m'en voulait de ne l'avoir pas deviné. Il
était minuit quand nous remontâmes en voiture.

J'avais regagné mon coin avant mes deux autres
compagnons, pour avoir le plaisir de tendre la
main à la jolie voyageuse. Je devais payer ce plai-
sir-là. Le bonhomme de père, qui passa le premier, me marcha sur le pied sans me crier gare,
de manière à m'écraser l'orteil. Mais je ne soufflai

mot; j'étais dans ces dispositions toutes chrétien-
nes qui font tendre l'autre joue (lisez l'autre pied)
à l'insulte et aux coups. Puis ce fut à son tour à
elle; j'avais avancé la main, elle y plaça résolù-
ment la sienne et s'élança comme un oiseau. La
situation m'autorisait suffisamment à serrer ses
cinq doigts tout mignons, qui, Dieu me damne!
répondirent à cette pression par une pression pareille. Cela seul m'eût fait perdre la tête, si c'eût
été encore à faire. Dussé-je tuer père et mère et
cousins jusqu'au douzième degré, — le prétendu
y compris et bien avant les autres, — cette jeune
fille, j'en faisais le serment, n'aurait pas d'autre
mari que moi! Je me sentais capable, pour l'ob-
tenir, de toutes les folies et même de toutes les
extrémités : c'est à la lettre.

En attendant, je me tenais dans mon coin, épiant
avec une impatience inquiète mon gros compagnon de voyage. Ce que je lui eusse demandé, ce
n'était pas l'impossible; j'étais plus raisonnable
que cela : j'eusse désiré uniquement qu'il s'ac-
commodât de son mieux pour dormir son sommeil, comme un grand de la terre, selon l'expression splendide de l'aigle de Meaux. Au fait, l'heure
en était venue; mais les nombreux à-compte qu'il
avait pris déjà devaient avoir lassé Morphée et
rendu moins efficaces les pavots invisibles que

ce dieu verse la nuit sur la paupière alourdie des mortels. S'endormirait-il ou ne s'endormirait-il pas?

Une interminable demi-heure s'écoula dans ces transes. Il faisait une foule de contorsions comme un homme qui est en quête de la meilleure position pour s'endormir, mais il ne s'endormait pas; cela devenait intolérable. Cependant on venait de pousser un bâillement à réveiller un mort; deux secondes après, un nouveau bâillement retentissait, puis un troisième. C'étaient les dernières bordées avant de baisser pavillon. Enfin, le bonhomme s'exécuta et nous avertit, par le signal que vous savez, que nous pouvions, en toute sécurité, songer à nos propres affaires. Ce fut la jeune fille qui rompit la première le silence.

— Eh bien, monsieur, me dit-elle, vous m'avez tantôt adressé une parole d'espoir; vous sembliez convaincu qu'il existât quelque expédient pour échapper au sort qui me menace; s'il en est ainsi, parlez, expliquez-moi ce que je dois faire, le parti que je dois prendre.

— Écoutez-moi bien, mademoiselle, fis-je d'un ton d'une gravité solennelle, et promettez-moi de ne pas vous effrayer de mes paroles, quoi qu'elles puissent avoir d'inattendu. Notre position à tous deux est tellement étrange, qu'il serait injuste

de peser ce que vous allez entendre dans les ba-
lances de tous les jours; avant tout, donc, il faut
m'assurer que vous vous sentez disposée à m'ac-
corder une confiance dont Dieu est témoin que je
n'abuserai pas : à cette condition, je parlerai,
mais à cette condition seule. Y consentez-vous?

— J'en prends l'engagement, monsieur, articula-t-elle avec un tremblement dans la voix qui
ne m'échappa point.

— Mademoiselle, ajoutai-je en m'emparant de
sa main, il est bien convenu que vous avez pleine
confiance en moi et que vous me tenez pour un
honnête homme ! Cette assurance seule était capable de me faire rompre le silence, et, malgré
tout, ce n'est pas sans un effort violent que je
m'y décide. Je vous ai fait observer tantôt que,
puisque votre mariage n'était point achevé, il n'é-
tait pas, Dieu merci ! trop tard pour dire non.
Vous m'avez opposé, et vous avez eu raison, l'au-
torité et la volonté de votre père; car votre père,
sous le prétexte de votre bonheur et de votre
avenir, croira devoir user de violence, d'une contrainte morale à laquelle vous finirez, je le sens
aussi, par céder. C'est donc à quoi il faut obvier,
et la seule arme peut-être contre une influence
redoutable à tant de titres serait l'impossibilité
matérielle de faiblir... d'obéir, en un mot.

Ses grands yeux bleus, éclairés par la pâle
lueur d'une nuit constellée, semblaient me ques-
tionner et chercher sur mes traits un commentaire indispensable à ce début fort obscur. Je
poursuivis avec le même air d'hésitation et d'embarras, très-sincère, au demeurant :

— Hélas ! je l'avoue, il n'est qu'une chose capable de vous inspirer la résolution de vous roi-
dir et de ne point mollir devant un parti pris et
des arrangements si positifs, si formels. Et cette
chose, c'est le sentiment qui m'a déterminé, moi,
à rompre un mariage non moins avancé que le
vôtre... Dans la lettre que vous m'avez forcé de
reprendre, je vous disais qu'une jeune fille, quelque soumise, quelque faible qu'elle soit, qui a
un amour dans le cœur, se sent la force de défendre cet amour et de se conserver pour lui. Vous
seriez sauvée si vous aimiez.

Elle fit un mouvement. Je continuai avec une
animation croissante :

— Oui, vous seriez sauvée ! parce que vous
trouveriez en vous-même l'énergie de faire face
à l'orage ; parce qu'aussi, si vous aviez à lutter,
vous ne seriez plus seule à lutter. Ah ! si vous
aimiez !

— Mais, monsieur, balbutia-t-elle d'une voix
tremblante, quand j'aimerais, cela ne servirait,

après tout, qu'à rendre le sacrifice plus pénible
et mon malheur plus sûr ! En pourrais-je davantage disposer de moi ?

— Vous n'auriez alors qu'à tendre la main à
l'homme qui aurait votre cœur, et lui dire :
« Sauvez-moi. » Si cet homme-là était véritable-
ment digne de son bonheur, vous n'auriez qu'à
vous en reposer sur lui de votre salut.

— Mais, monsieur, reprit la jeune fille, je connais mon père, et je sais bien, moi, que rien au
monde, rien n'est susceptible de le faire changer
de dessein.

— Quelque opiniâtre qu'il soit, vous eussiez
remis avec une confiance entière votre destinée
en mes mains, qu'il faudrait pourtant que votre
père se résignât à en passer par votre choix !

— Et comment vous y prendriez-vous ? balbutia-t-elle d'une voix saccadée par l'émotion et le
pressentiment de ce qui allait suivre.

— Comment, mademoiselle ! J'admets qu'on ait
en moi une confiance entière, je dirais à la jeune
fille : « Je vous aime, et vous n'en doutez pas ;
préférez-vous être à moi qu'à cet autre que vous
ne connaissez pas et que vous haïssez déjà comme
par instinct ? S'il en est ainsi, reposez-vous-en sur
moi de votre sort, et ne craignez rien : votre honneur est le mien. Des chevaux, une chaise et

gagner la frontière sans être inquiétés, sans même
qu'on s'aperçoive de notre fuite, sont choses si
faciles à exécuter, qu'il est impossible qu'elles
échouent. Une fois à l'étranger, nous implorons
notre pardon. Le résultat de cette démarche, à laquelle on nous force, n'est pas douteux. Après
cet éclat, votre mariage avec cet odieux préten-
dant est inévitablement rompu, tandis que le nôtre devient une nécessité. Et puis, si la jeune
fille apporte à son fiancé une riche dot, le fiancé,
de son côté, pourrait à la rigueur et sans pour
cela la condamner à la gêne et à la misère, épouser la fille sans la dot. » Voilà, mademoiselle, ce
que je dirais à cette jeune fille, qui, quelles que
fussent ses répugnances, comprendrait que, s'il
existait un moyen plus régulier de l'arracher des
bras de cet autre, j'épargnerais cette pénible démarche à celle dont je veux faire ma femme...
Mais, j'en conviens, pour oser proposer un pareil
parti à une jeune fille pure comme les anges, un
homme a grand besoin de ne pas douter de la confiance qu'il a su inspirer...

Un enlèvement, rien que cela ! Je n'y allais pas
de main morte. Comment avais-je pu m'abuser
au point de croire à la possibilité d'amener cette
enfant à un pareil coup d'audace? Une Agnès,
une ingénue, un ange de candeur et d'ignorance !

Eh ! c'était précisément cela qui devait me faire
espérer. Est-ce que la candeur a jamais supposé
qu'on songeât à la tromper? Et, en vérité, en
écartant tout soupçon de mauvaise foi et de per-
fidie, si ma proposition était plus qu'étrange,
n'avait-elle pas, dans une inexorable nécessité, sa
raison d'être et son excuse? Hors l'enlèvement,
point de salut! Et puis croyez bien que, pour la
pauvrette, le mot d'enlèvement n'a pas toute la
gravité qu'il eût eu devant un esprit moins no-
vice. C'est purement une mesure qui ne pèche pas
par le défaut d'étrangeté et de romanesque; mais
on lit des feuilletons, ne l'oubliez pas, et il faut
bien qu'on retire quelque fruit de ses lectures.

Bien entendu que la fuite n'a eu lieu que pour
se précipiter, à quelque coin de l'Italie, aux genoux d'un prêtre qui vous bénit et vous marie;
après quoi, le père n'a plus qu'à imiter le prêtre,
à bénir et à approuver tout ce qui s'est fait sans
son approbation. C'est la sommation respectueuse
perfectionnée et simplifiée.

La jeune fille avait oublié sa main dans la
mienne; elle chercha doucement à la retirer.
Mais il n'est que de garder ce qu'on a : je la re-
tins avec une demi-violence.

— Vous m'avez demandé, mademoiselle, poursuivis-je sans lui laisser le temps de respirer, si

j'entrevoyais un moyen de salut. Je ne vous ai indiqué que celui-là, tout osé qu'il puisse vous paraître, parce que je n'en vois pas un autre. Hélas! là n'est point l'embarras. Ce qui semble impraticable à celle qu'aucune affection ne grandit est facile à la femme qui aime et dont l'amour est la vie. Ah! si vous aimiez! Vous avez près de vous quelqu'un qui saurait joindre l'effet à la parole... Dites-moi que vous me comprenez... et que vous m'approuvez!

Elle fit encore un effort pour retirer sa main; mais j'étais sur mes gardes : on dut se résigner à la laisser dans les miennes. La pauvre petite commençait à trembler bien fort.

— Vous ne me répondez pas!... Au nom du ·ciel! mademoiselle, songez à la situation exceptionnelle dans laquelle nous sommes!... Qui sait si pareille occasion se présentera jamais? Il y va de notre sort à chacun, prenez-y garde! Si votre père se réveille avant que vous ne m'ayez donné le droit d'entrer dans votre vie et d'arranger votre avenir, je vous perds pour toujours, vous devenez irrémédiablement la conquête de cet autre dans les bras duquel on vous jette, sans s'être assuré à l'avance de la compatibilité de vos humeurs et de vos goûts! J'ignore quel homme on vous destine; mais celui-là, je vous le jure, ne vous ai—

mera jamais comme je sens déjà que je vous aime! Voyons, ai-je l'air de dire des paroles que mon cœur désavoue? Non, n'est-ce pas? Eh bien, répondez, et sans crainte, et décidez de nos deux destinées. A cette heure, elles dépendent du mot qui va sortir de votre bouche : quel sera-t-il?

Si vous l'eussiez vue frémissante, tremblotante comme la feuille! Si vous eussiez vu cette gorge naissante et toute virginale bondir sous les élans désordonnés de son pauvre petit cœur, ces yeux qui demandaient grâce et pitié, ces joues empourprées par la pudeur et aussi — ô bonheur! — par ce trouble qui ne provient pas uniquement de l'effroi et qui résulte d'une complicité secrète avec l'ennemi qui nous harcèle!

Tout cela était de bon augure; mais on ne répondait toujours pas, et je voulais un consentement, un acquiescement bien formel à des projets que j'étais maintenant fort résolu, coûte que coûte, à mettre à exécution.

— Au nom du ciel! mademoiselle, un mot, un seul!... Il faut bien que je sache...

On se mit à fondre en larmes. Ce n'était pas répondre. Ces larmes étaient bien éloquentes pourtant et bien souveraines : elles étaient l'explosion de la contrainte nerveuse qu'on s'était imposée sans doute; elles allaient jusqu'aux sanglots. J'en fus effrayé ; j'eus peur qu'elles ne réveillassent notre dormeur.

— Oh ! vous nous perdez ! m'écriai-je en saisissant son mouchoir et le posant sur ses lèvres pour assourdir ses gémissements.

Ce cri de détresse, qui n'était pas feint, porta coup ; car les pleurs et les sanglots cessèrent aussitôt. J'épongeais, avec une sollicitude de mère, ses joues inondées avec le mouchoir dont je m'étais d'abord emparé pour étouffer cette crise de larmes ; elle me repoussa doucement, dégagea sa main et se couvrit le visage dans ses dix doigts.

— Mademoiselle, mademoiselle, écoutez-moi ! fis-je en détachant les deux jolies mains qui la cachaient. Ne voyez-vous pas que nous n'avons à nous que quelques minutes à peine ? Oh ! je comprends et vos sanglots et vos larmes : aussi n'augmenterai-je point votre trouble. Je ne demande qu'un mot, qu'un ordre ; dites, dites-moi de vous sauver. Je saurai dès lors ce que j'ai à craindre et ce que j'ai à espérer, je saurai enfin ce qu'il me reste à faire.

Une rougeur de feu monta à ses joues. Je surpris dans ses yeux une indécision tumultueuse qui m'annonçait que notre sort se décidait en ce moment. Qui l'emporterait de moi ou de cet affreux inconnu ?

— Eh bien, sauvez-moi ! articula-t-elle d'une

voix étranglée qui vibra à mon oreille aussi délicieusement qu'un concert de chérubins.

Aussi oubliai-je que nous étions trois. Je poussai un cri de bonheur insensé qui réveilla le papa en sursaut.

— Qu'est-ce qu'il y a? qu'est-ce qu'il y a? demanda-t-il en se frottant les yeux.

Heureusement pour nous, malgré la lueur phosphorescente des étoiles, il faisait un peu moins clair qu'en plein jour.

— Est-ce que l'on verse? ajouta-t-il : j'ai entendu crier.

— Tousser, voulez-vous dire, et c'est moi qui suis le coupable, répondis-je pour dispenser sa fille de parler, ce qui lui eût été complétement impossible sans se trahir.

— C'est différent. Je me serai trompé.

Le dialogue en resta là. Pour donner le change sur le bouleversement de ses traits, la jeune fille fouilla dans son cabas et en retira le foulard dont, la veille, nous l'avons vue s'emmitoufler, et procéda aussitôt à sa toilette de nuit.

Quant au bonhomme, il avait rouvert les yeux pour ne plus les refermer : et c'était moi qui avais fait ce beau coup-là!

Un quart d'heure s'écoula dans le silence le plus absolu.

La jeune fille, qui voulait nous échapper à tous deux, se disposait pour le sommeil, sauf à le simuler s'il se montrait trop rétif. Je ne fus pas dupe de ce manége, comme vous le pensez bien. Ce n'est pas à la suite de semblables entretiens que le sommeil est vraisemblable. Mais, réel ou supposé, ce sommeil devait être respecté.

Son père ouvrit la glace et se mit à regarder, en sifilotant, le paysage-fantôme qui fuyait derrière nous. Mais il n'était pas de ceux que fixent longtemps les beautés de la nature : aussi ne tarda t-il pas à se blaser sur ce divertissement monotone. Il tourna plusieurs fois les yeux de mon côté, comme s'il eût voulu m'adresser la parole, mais sans céder encore à cette velléité. A l'un de ses gestes, je devinai de quoi il s'agissait. Après une certaine hésitation, on retira cette pipe qu'on avait laissée dormir toute la journée dans une poche de côté; on la nettoya avec une lenteur amoureuse, on la bourra de même ; puis, lorsque rien n'empêchait qu'on ne s'en servît, — qu'une question de convenance qui remettait, il est vrai, le sort du fumeur en mes mains, — on se décida à en requérir licence.

— Monsieur, l'odeur du tabac vous incommoderait-elle ?

— Non, monsieur ; mais mademoiselle...

—.Elle dort. Au reste, la fumée s'échappera par la portière : vous n'en sentirez rien. Vous permettez ?

— Bien volontiers, monsieur, mais à une condition. L'air qui entre par cette glace n'est pas des plus chauds : mademoiselle votre fille pourrait en être incommodée ; souffrez que je pose doucement mon manteau sur elle, il la protégera contre le·froid, qui est assez vif. Tenez, comme cela.

Je n'avais pas attendu qu'il acceptât pour sa fille, que, joignant le geste aux paroles, j'étendais mon manteau sur les genoux de mademoiselle Fifine. Celle-ci fit involontairement un mouvement qui me prouva que l'on avait, en tout cas, le sommeil bien léger.

— Petite, lui dit son père, monsieur a peur que tu n'aies froid et t'offre son manteau ; remercie-le et accepte, puisqu'aussi bien il s'en est déjà dessaisi en ta faveur.

Ainsi fit-elle d'une voix altérée.

Je rencontrai sa main, je la serrai tendrement, sans qu'elle tentât de bien énergiques efforts pour l'arracher à cette étreinte, qui, du reste, n'eut qu'un éclair de durée. Le bonhomme, lui, avait tiré de son gilet une petite boite en fer-blanc renfermant des bougies chimiques ; il se mit en devoir d'allumer sa pipe. Il ne fallait plus compter reprendre, de la nuit, une conversation interrompue bien par ma faute : on avait désormais de quoi charmer les loisirs et les ennuis de la route.

. La jeune fille ne fit qu'un somme jusqu'au matin.

Elle se réveilla au premier rayon de soleil qui filtra à travers les glaces de la voiture, fraîche et éblouissante comme l'aurore de cette matinée de mai. Son regard ayant croisé le mien, elle devint rouge comme une cerise. Mon manteau dormait sur ses genoux; elle me le rendit.

— Je vous remercie, monsieur, murmura-t-elle avec une inflexion de voix ravissante de trouble pudique.

— C'est bien peu de chose, lui répondis-je si bas, qu'une oreille plus aux écoutes que celle du papa n'eût pu rien saisir, pour qui voudrait que vous lui demandassiez sa vie.

Ses yeux, cette fois, se reposèrent sur les miens avec une expression de douceur infinie. Cela voulait dire qu'on croyait à mon dévouement, et que peut-être on le mettrait à l'épreuve.

Je comptais un peu sur le tête-à-tête de la veille, le tête-à-tête du *café au lait*. Le papa, précisément parce qu'il avait passé la nuit blanche, devait se sentir en appétit, et il n'était guère présumable qu'il fût devenu tout à coup soupçonneux et défiant. Quant à sa fille, elle n'avait pas coutume de goûter si matin, et elle demeurerait dans le coupé, tandis que l'auteur de ses jours absorberait une copieuse tasse de café ou de lait chaud. Cela prendrait bien un quart d'heure, et c'est quelque chose qu'un quart d'heure bien employé. J'attendais cette halte avec impatience. Au point où nous en étions, cet entretien brisait tout à fait la glace et devait nous mettre l'un à l'égard de l'autre dans une certaine familiarité sentimentale.

Enfin, nous arrêtâmes à G***. Même sommation nous fut faite par le marmiton du *tournebride;* même réponse de la part du papa, qui demanda à sa fille si elle se trouvait plus en appétit que la veille. C'était si facile de dire non et de s'étayer d'un précédent pour ne pas bouger et garder sa place! Vous croyez cela? Eh bien, soit crainte de se voir désormais seule avec moi, soit appréhension d'être devinée par son père, après une sorte d'hésitation, elle se leva et le suivit, sans oser tourner les yeux de mon côté.

J'étais furieux, j'étais au désespoir.

O la haïssable petite espèce! Était-ce de la coquetterie? Les femmes sont coquettes dès le berceau. Si dans cette manœuvre il y avait l'intention d'éperonner un amour qui n'avait nul be-

soin d'un pareil stimulant ? Toute stupide que fût
cette supposition, ma colère trouvait trop bien
son compte à la croire capable d'un machiavé-
lisme de cette force, et je jurai de lui faire voir
qu'on ne se moquait pas de moi. Vingt éternelles
minutes se passèrent dans cette réjouissante situation d'esprit. Enfin, je pus apercevoir par la
portière les voyageurs regagner, ceux-ci l'intérieur, ceux-là l'impériale, les autres la rotonde ;
et, derrière eux, mon Albanaise avec monsieur
son père.

Cette fois, je la laissai monter comme il lui
plut, sans lui tendre la main. J'étais hors des
gonds, et je tenais à ce qu'elle ne s'y méprît
pardieu pas. Mes sourcils se joignaient presque,
mes yeux avaient une expression plus que farou-
che, toute ma physionomie quelque chose de
bourru, de rancunier, de maussade à l'excès. Elle
devina à merveille la cause de ce grand ressenti-
ment. Si, au point de vue de la morale et de la
raison, elle n'avait été que prudente et réservée
en fuyant ce piége tendu à sa faiblesse, sa pru-
dence et sa réserve n'étaient-elles pas injurieuses
pour l'amant qui s'attendait à plus de confiance
et d'abandon ? On était donc coupable aux yeux de
l'amour, on avait donc des torts à se faire par-
donner et à expier.

La jeune fille tourna vers moi un regard doux et
très-propre à m'apaiser ; mais je me roidis contre
l'enchantement de cet œil velouté, et rien sur
mon visage ne transpira de l'émotion charmante
qu'il me causa. Je me dis qu'il serait délicieux
de se laisser assiéger en règle et de ne capituler
qu'après une honorable résistance. C'était de la
belle et bonne coquetterie de femme que tout
cela ; mais pourquoi la coquetterie serait-elle
l'arme exclusive de l'autre sexe, et nous serait-il
défendu, à nous, d'en user en temps opportun ?
Mes sourcils gardaient toujours leur froncement
significatif, mes lèvres pincées leur contraction
de mauvais augure, mes yeux leur expression re-
vêche et plus que boudeuse. Je tenais à ce qu'on
me supposât fâché sérieusement. A l'air alarmé
de la jeune fille, je vis que j'avais porté coup. De
doux, de sereinement bienveillant, son regard s'é-
tait fait humble et implorant. Puisqu'on deman-
dait grâce, c'est que l'on convenait donc d'avoir
péché. Mais on ne devait pas espérer me fléchir à
si bon compte. Aussi mes traits conservèrent-ils
leur expression acerbe et ulcérée. La coupable
parut douloureusement frappée de l'implacabilité
de mon visage. Deux grosses larmes lui vinrent
aux yeux et roulèrent lentement sur ses joues.

Oh ! pour le coup, mon inflexibilité s'évanouit

comme une fumée. Que pouvais-je exiger de plus ?
Fallait-il qu'elle implorât son pardon à mes genoux ? Et puis le moyen de résister à la séduction
de ses pleurs ? Je me sentis pénétré d'outre en
outre. Je me penchai à son oreille ; et, profitant
d'un moment où son père avait la tête à la portière, je lui dis bien bas :

— Pourquoi n'êtes-vous pas restée ? Quel cha-
grin vous m'avez fait !

Pour toute réponse, elle me tendit sa petite
main nue ; je la portai avec passion à mes lèvres,
qui y laissèrent l'empreinte d'un brûlant baiser.
C'est après de pareils élans qu'il n'y a plus ni réserve ni fausse honte : on se dit tout ce qu'on a
refoulé jusque-là au plus profond de son cœur ;
on ne se cache plus un penchant auquel on a vainement voulu résister ; le torrent s'est fait un lit
à la fin, rien ne l'arrête plus ; s'il rencontre des
obstacles, il les écarte ou les brise. Mais encore
faut-il être seuls, mais encore faut-il pouvoir se
parler. Nous en étions réduits, nous autres, au lan-
gage des yeux. Mais comme ils étaient éloquents,
nos yeux ! mais comme ils savaient bien exprimer,
à défaut des lèvres, ce qui se passait en nous !

Jusqu'à la petite ville de V***, où l'on dîna, les
heures s'écoulèrent de la sorte et bien rapidement, croyez-le.

J'allais oublier, toutefois, un petit incident qui peut sembler niais, et que je ne me rappelle point encore sans délices. Nous montions au pas des chevaux une butte longue et pénible. Au bas de cette butte étaient groupées une demi-douzaine de chaumières d'où nous vîmes tout aussitôt sortir une poussinée d'enfants misérablement vêtus. Ils étaient armés de bâtons au bout desquels ils avaient attaché de petits bouquets.

Tous les jours que Dieu fait, ces garnements déguenillés épient l'arrivée de la diligence et se ruent aux portières, leurs branches de coudrier à la main, provoquant incessamment la générosité du voyageur, qui, pour les faire taire et s'en débarrasser, échange quelque menue monnaie contre le bouquet de violettes ou de pervenches fleuries. C'est un vrai siége avec des lamentations psalmodiées à fendre le cœur et les oreilles.

Aux deux glaces du coupé s'étaient simultanément dressées deux gaules fluettes, dominées par leur appeau habituel. Je m'emparai d'un bouquet de violettes qui était venu se fourrer presque sous mon nez, et je jetai trois ou quatre sous au gamin qui suivait, pieds nus, la voiture. Le bonhomme, de son côté, en avait fait autant et s'était tout aussitôt dessaisi de son emplette aromatique en faveur de sa fille. Son bouquet était une

simple touffe de thym retenue par un bout de fil
blanc.

Celle-ci fit une mine dédaigneuse et dit en me regardant qu'elle aurait bien mieux aimé un bouquet
de violettes. Je crus comprendre son intention.

— Mademoiselle, fis-je en lui lançant un regard
plein d'amour, puisqu'il en est ainsi, changeons
de bouquet; je ne partage pas, moi, votre anti-
pathie pour le thym, je vous assure.

— Volontiers, monsieur, me dit-elle en approchant son bouquet de son visage avant de me le
donner.

L'échange se fit aussitôt.

Je portai le sien à mes lèvres avec une ivresse
presque folle. Heureusement, le papa avait les yeux
sur la route et ne pouvait nous voir. La jeune
fille, comme bouleversée par le feu de mes regards,
détourna la vue et nicha mes violettes sous sa
robe. Trop heureuses violettes!

Il était plus que temps pour moi d'aviser et de
prendre un parti. Dans la soirée, la diligence en-
trerait dans M***, le terme de mon voyage. Ma
tante habitait une maison de campagne qu'elle
avait à deux petites lieues de là. Mais le terme de
ce voyage naturellement devait changer avec le
but, et en ce moment je ne savais pas trop où
j'allais. Sans être curieux à l'excès, il m'était bien

permis de m'édifier sur ce point, comme sur plusieurs autres ; et, pour cela faire, lorsque nous
eûmes mis pied à terre à V***, je priai le conducteur, sous un prétexte quelconque, de me montrer sa feuille. Vous devinez parfaitement ce que
je voulais voir. J'appris ainsi que mon compagnon s'appelait M. Dufour. Ce nom-là n'avait pas
tout l'éclat de celui des Montmorency et des
Rohan ; mais, une fois ma femme, mademoiselle
Dufour n'aurait plus d'autre nom que le mien :
le nom ne faisait donc rien ou que peu de chose
à l'affaire. Renseigné sur ce point, il me restait
à connaître vers quel coin de la France le père
et la fille s'élançaient ; car j'étais désormais bien
résolu à les suivre, dussent-ils m'entraîner jusqu'au bout du monde. Mais je découvris avec un
mélange de surprise et de joie que la traversée
serait un peu moins longue, et que nos deux voyageurs s'arrêtaient, ainsi que moi, à M***.

Je ne connaissais pas un chat dans cette dernière ville. Je ne venais guère que tous les deux
ans à Couvert, chez cette excellente tante, où je
m'ennuyais fort, et je ne faisais que traverser
M***, sans jamais m'y arrêter. Rien de bien éton-
nant donc que le nom de M. Dufour ne fût pas
parvenu jusqu'à moi. Je demandai au conducteur
qui il était ; il me fut répondu que c'était un ri-

che négociant qui passait pour remuer l'or à la
pelle. Je ne pouvais fuir ma destinée, car c'é-
tait aussi la fille d'un marchand que ma tante
m'avait choisie pour femme ; mais, heureusement,
n'était-ce pas tomber de Charybde en Scylla.

Le père et la fille étaient passés dans le salon
des voyageurs. Je les y suivis, fort en peine de
trouver un moyen quelconque de convenir de nos
faits avec ma fiancée ; car elle l'était pardieu bien,
en dépit des jaloux, comme disent les enseignes
des barbiers de village. Il était fort à présumer que
d'ici à M*** l'occasion ne se représenterait plus
d'échanger le moindre mot : donc c'était à moi
d'aller au-devant d'elle, de la provoquer, de la
faire naître.

O hasard, divinité propice ! quelles hécatombes
je t'eusse offertes en holocauste, si, depuis dix-
neuf siècles, tes autels n'eussent été renversés
par cette autre Divinité qu'on appelle la Providence ! Que j'enviais alors le bonheur de Tityre,
qui, lui, n'avait point à se plaindre des destins :
et que ne pouvais-je dire, comme ce berger de
Virgile :

O Meliboee, deus nobis hæc otia fecit !

*Un cheval ! un cheval, mon royaume pour un
cheval !* s'écriait le roi Richard. Cinq minutes !

vingt secondes de solitude, et j'eusse donné tous
les trônes de la terre, si je les avais eus. Cela
nous eût suffi pour nous entendre.

Les voyageurs avaient envahi la salle et s'é-
taient installés pêle-mêle autour de la table. Je
manœuvrai de façon à me trouver auprès d'*elle*.
Mon Dieu ! auprès d'elle, ce n'était pas mieux
qu'en voiture ; c'était même moins bien : car, en
voiture, je n'avais à prendre garde qu'au père,
tandis que là je sentais que le plus léger signe
d'intelligence pouvait la compromettre aux yeux
de nos compagnons de voyage, et je ne me le
fusse pas pardonné.

Elle me lança, en s'asseyant, un rapide coup
d'œil qui m'informait qu'on partageait mes an-
goisses, qu'on ne redoutait pas moins que moi de
se quitter sans s'être une dernière fois expliqués.
Ce coup d'œil semblait être aussi un appel à mon
habileté. J'avais promis de la sauver, je devais en
avoir les moyens.

Bien qu'à jeun, je ne touchai à rien. Je regardais
autour de moi comme une hyène qui rôde dans sa
cage pour trouver une issue. Mademoiselle Fifine
n'était guère en appétit non plus, elle commençait
à douter de moi ; mais monsieur son père dévorait pour nous trois, en homme dont la conscience
est positivement en repos. La demi-heure que

nous passâmes ainsi me parut un siècle. Tous ces
gens qui mangeaient, qui buvaient, qui heurtaient
bruyamment leurs assiettes, m'étaient odieux :
je les haïssais tous comme si j'eusse eu des torts
graves à leur reprocher ! Des torts ! ils avaient
au moins le tort d'être là, quand je les eusse si
bien voulu autre part.

L'on était au dessert. M. Dufour se frappe tout
à coup le front en homme qui se souvient.

— Et cet animal de Raimblot, s'écria-t-il, qui
devait se trouver ici !

— Raimblot ! fit la belle enfant.

— Oui, je lui avais donné rendez-vous ici : cela
lui eût épargné le voyage de M***. C'est son affaire,
au surplus.

Elle me jeta un coup d'œil expressif.

— Mais il se peut faire qu'il soit venu, et qu'il
craigne de te déranger.

— Il m'aurait fait avertir, au moins.

— Ce n'est pas une raison : tu sais comme il
est.

— C'est, parbleu ! ce que nous allons savoir.
Garçon ! il n'y a personne ici pour moi ?

— Si fait, monsieur ; un paysan...

— Mon papa, que te disais-je ? s'écria la jeune
fille avec une émotion qui avait bien une autre
cause que la présence de ce Raimblot.

— Et pourquoi, diable ! ne m'en préviens-tu pas ? demanda M. Dufour au garçon.

— Dame ! monsieur, il me l'a bien défendu ; il n'est pas pressé, à ce qu'il dit.

— Mais je le suis, moi, pardieu ! Va, dis-lui qu'il vienne... ou plutôt non, je vais le trouver : cela vaudra mieux.

J'ignorais ce que c'était que M. Raimblot ; mais ce devait être un bien brave et digne homme.

— Attends-moi là, fit le commerçant à l'oreille de sa fille. Je ne serai qu'un moment, le temps de compter l'argent de Raimblot et de lui donner quittance.

Il se leva et courut vers la porte, qui se referma sur lui.

En étions-nous beaucoup plus avancés pour cela ? Vraiment, non. Il eût fallu que son départ décidât la retraite du reste de l'assemblée. Quand nous débarrasseraient-ils de leur très-odieuse présence, les malheureux ! On eût dit, à la lenteur qu'ils mettaient, celui-ci à peler une poire, celui-là à écosser une amande, un troisième à casser sa noix, qu'ils se faisaient un malin plaisir de notre martyre !

Je jetai à mon tour un regard de détresse à ma *fiancée*. Mais elle avait les yeux cloués sur son assiette. Ses petites lèvres pincées et ses sourcils notablement froncés accusaient une impatience secrète; une irritabilité contenue contre ces cruels importuns. J'allais éclater, commettre quelque extravagance, quand le conducteur, qui était à un bout de la table et dînait en silence, jeta sa serviette de côté, vida un dernier verre et se leva :

— Messieurs, apprêtez-vous : on va mettre les chevaux.

A ce mot magique, chacun quitta la table, se secoua, pirouetta devant la glace de la cheminée pour se *bichonner* quelque peu et ne tarda pas à vider la place. Enfin!!!

Joséphine se leva, elle aussi. Si je ne l'eusse pas retenue, elle les eût suivis par effroi pour ce moment si ardemment désiré pourtant par moi... et par elle.

— Mademoiselle ! mademoiselle!.. votre père est peut-être sur le seuil de cette porte; au nom du ciel ! écoutez-moi !... Vous allez à M***, je viens de l'apprendre... Une fois arrivée, je vous perds pour toujours... si vous ne montrez pas une intrépidité dont dépend notre sort à tous deux, songez-y bien ! Vous m'avez dit de vous sauver : le voulez-vous résolûment ?

— Oui, balbutia-t-elle sourdement et sans lever les yeux.

— Eh bien, pas d'hésitation, pas d'objections, alors... Voici ce qu'il faut faire, voici ce que vous ferez... Demain soir, vers onze heures, tâchez de tromper une surveillance qui ne peut être bien grande, et trouvez-vous à l'angle de la place de l'Hôtel-de-Ville : tout sera disposé pour notre fuite...

Un tressaillement universel parcourut tous ses membres. Elle fit un effort prodigieux pour parler, mais elle ne put en venir à bout.

— Rassurez-vous, continuai-je avec un entraînement passionné. Nous aurons bientôt touché et dépassé la frontière ; et, une fois en Italie, nous nous précipiterons aux pieds d'un prêtre, qui nous unira par des liens indissolubles.

Elle demeurait dans une immobilité complète et assez inquiétante, en définitive. Je compris que rien n'était moins certain que son concours, si je ne remuais d'autres cordes que celles du saisissement et de la peur.

— Mon cœur vous a devinée, lui dis-je avec un accent tendre et solennel : vous avez une noble et vaillante nature, le courage ne vous faillira pas au moment d'agir. Aussi n'ai-je ni appréhension ni crainte.... Vous ne tromperez pas la confiance que j'ai en vous. Je ne suis pas plus sûr de moi que je ne le suis de vous : vous viendrez !

J'entendis des pas dans le corridor. On approchait ; c'était le père. Il était important qu'il ne nous surprît pas ensemble : notre mine à tous les deux nous eût trahis.

Je m'élançai, comme un fou, par une autre porte, sans trop savoir où elle me menait, et je me trouvai dans la cour de l'hôtel. J'avais la tête en feu, j'étouffais, j'avais besoin d'air.

Apparemment ma promenade se prolongea ; un garçon d'écurie m'appela à grands cris, la diligence allait partir sans moi. D'un bond je l'eus rejointe : mes deux compagnons étaient montés.

Une chose que j'oubliais, c'est d'apprendre ce qu'était cet excellent M. Raimblot. Mon Dieu, c'était tout bonnement un fermier qui tenait du père de Joséphine une métairie située aux portes de V***. Celui-ci, pour lui éviter un déplacement, lui avait donné rendez-vous à l'hôtel où descendent les messageries, et le brave paysan avait été ponctuel. Cela méritait bien une notable diminution à son prochain bail ; et il pouvait y compter, si je devenais jamais propriétaire de la terre de V***. M. Raimblot, sans s'en douter, avait été notre *Deus intersit*

> On a souvent besoin d'un plus petit que soi.

Toute l'après-midi s'écoula en regards qui se

cherchaient et s'évitaient incessamment. Les
heures passent vite ainsi. Puis vint le soir. Le soleil s'était couché à l'horizon dans un lit de pourpre
et d'or, l'obscurité nous envahit insensiblement.
Les sentiments tendres sont fils de l'ombre et
de la nuit ; on ne se dit jamais mieux qu'on s'aime,
on ne se laisse jamais plus volontiers arracher ce
secret qui nous pèse, que quand la disparition du
jour protège notre pudeur et voile notre rougeur.
Oh ! la nuit ! une nuit noire, complète, silen-
cieuse, en tête-à-tête de celle qui vous a fait battre
le cœur, et si près d'elle que vos deux souffles se
croisent ! Tant que nous avions été en commerce
de regards, cela nous avait suffi, nous n'avions
pas demandé autre chose. Mais aussitôt que la
nuit éteignit nos quatre yeux, comme des becs
de gaz alors que se ferment les magasins, nous
nous trouvâmes dans un triste dénûment. Il était
naturel que, perdant l'usage d'un sens, on essayât
de se rattraper sur un autre. Sans être M. Azaïs,
on peut bien appliquer à sa propre économie le
ystème des compensations ; c'est même le seul
moyen de n'y être point du sien en ce bas monde.
Je cherchai une main, que je finis par trouver ;
et, une fois trouvée, vous sentez bien que je me
fusse malaisément décidé à lâcher cette douce
proie. Mais je n'eus point de violence à exercer,

même la moindre ; cette jolie menotte, que je ser-
rais avec une passion bien réelle, frissonna dans
ma main, mais ne tenta pas de m'échapper.

La diligence roulait sur les pavés de M***, que
la main de la jeune fille était encore dans la
mienne, répondant, par de petits tressaillements,
à mes tendres et fréquentes étreintes. Il était
pourtant onze heures et demie du soir, ce qui
prouve que notre *conversation* avait été longue.

Bien que j'eusse à veiller à mes malles et à
mes valises, je ne perdais de vue ni elle ni son
papa. J'avais même songé à une chose : c'était
de laisser tous mes bagages au bureau et de
m'assurer, en les suivant, quel était le nid de ce
bel oiseau. Mais je comptais sans un empêche-
ment qui me dispensa de me mettre en frais de
jambes : une calèche attendait, dans la cour des
messageries, attelée de deux chevaux fringants
avec lesquels il eût été extravagant de vouloir
lutter de vitesse ; et cette calèche était au beau-
père, qui y monta avec sa fille, après avoir fait
charger derrière une malle assez mince, conte-
nant la modeste et peu luxueuse défroque de
la pensionnaire. Ce contre-temps eût pu me dé-
concerter, si un regard furtif et un sourire malin
de ma jolie maîtresse ne m'eussent encouragé à
prendre bon espoir.

Je n'avais pas signé ma lettre dans l'incertitude
du sort qui lui était réservé, je n'avais pas eu non
plus le loisir de beaucoup parler de moi-même,
et la jeune fille, en me quittant, eût ignoré jusqu'à mon nom, sans une circonstance toute vulgaire. On procédait à la distribution des bagages,
et chaque voyageur était en train de reconnaître
ses paquets. Je tenais mon carton à chapeau à la
main ; la lumière donnait en plein dessus ; mademoiselle Fifine glissa un coup d'œil sournois
de ce côté et n'eut pas de peine à déchiffrer l'a-
dresse qu'il portait : *M. Gaston de Barbeville,
chez mademoiselle de Saint-Brice, à Couvert.* Un
éclair de joie parut illuminer son frais visage. Je
crus comprendre d'où cela provenait : la parti-
cule qui précédait mon nom causait une certaine
émotion de contentement, et cela était d'autant
plus excusable que j'avais éprouvé l'émotion absolument contraire en lisant le nom de Dufour
sur la feuille de voiture.

Je fis porter mes paquets à l'hôtel de Dane-
mark, qui était en face du bureau des messageries. La voiture m'avait fatigué, je sentais assez
impérieusement la nécessité de réparer mes forces
par un sommeil réconfortant. Je me mis au lit ; je
ne me réveillai que fort avant dans la matinée. Je
n'avais pas trop de temps pour faire mes prépa-

ratifs au sein d'une ville où je ne connaissais personne. Avant l'après-midi, toutes mes mesures étaient prises. Les chevaux étaient à la chaise ; le postillon, armé de son fouet, n'attendait que le signal pour partir au grand galop, en postillon qui sait à qui il a affaire. Pour moi, je m'étais mis en embuscade à l'un des angles de la place de l'Hôtel-de-Ville, l'oreille au guet, l'œil fouillant, avec une ardente et infatigable avidité, l'espace opaque qui s'étendait à mes côtés ; tressaillant au moindre bruit que j'entendais, au corps le plus indistinct que je voyais se mouvoir dans le lointain obscur.

La place était déserte, le ciel sombre et sans étoiles ; tout m'arrivait donc à souhait : nulle crainte d'être observé ni inquiété.

L'horloge de l'Hôtel-de-Ville venait de frapper ses onze coups. La jeune fille ne pouvait tarder longtemps à paraître. En province, à onze heures, toute la ville est bien près d'être couchée et de dormir entre deux draps. Je n'apercevais plus de lumière aux fenêtres, personne dans les rues, peu de chances enfin de nous voir déranger, à moins que par quelque ivrogne attardé. Pas un cri, pas une rumeur ; c'était un silence absolu, au sein duquel j'eusse bien voulu entendre pourtant le bruit des pas de certaine jeune fille. Je commen-

çais à me sentir à bout de forces et de courage,
quand j'aperçus une forme quelconque s'avançant
dans l'obscurité, avec cette légéreté de la Camille
de Virgile dont le vol rapide ne courbait même
pas les blonds épis qu'elle effleurait. Plus de
doute, c'était une femme; et quelle femme pou-
vait-ce être, si ce n'était *elle?*

Dans cette persuasion, je me dirigeai vivement
de ce côté. Je ne m'étais pas trompé sur le sexe,
mais c'était là tout. C'était bien une femme, mais
nullement celle que j'espérais. Je la laissai passer, en me mordant la lèvre jusqu'au sang. Après
tout, il n'était guère plus de la demie ! on avait
pris le quart d'heure de grâce; il n'y avait encore rien à dire. Ce retard, au reste, mille choses,
mille incidents présumables l'expliquaient; c'é-
tait à moi à savoir attendre et à ronger mon frein
en silence.

Si une demi-heure d'anxiété m'avait mis dans cet
état, que fut-ce donc quand une autre demi-heure
succéda à la première, quand j'entendis sonner
minuit ! Je ne pus tenir en place davantage. J'ar-
pentais, drapé dans mon large manteau, l'espace
vide autour de moi, articulant des mots sans suite,
m'arrêtant par soubresauts pour écouter le bruit
de mes pas, que je voulais, à tout instant, prendre
pour des pas étrangers, recommençant à mar-

cher précipitamment et par saccades, comme un homme qui vient de commettre un mauvais coup.

Mais je serai plus humain envers vous que le sort ne le fut envers moi; je ne vous laisserai pas davantage dans cette plus que pénible incertitude. Sachez qu'une heure et demie me vit encore sur cette place, où l'air glacé du soir m'eût saisi, si je n'eusse pas eu la fièvre, qui me préservait mieux du froid que mon manteau. Et personne! personne! Mais quoi imaginer? mais qui accuser? La faute en était-elle au hasard? la faute en était-elle à *elle?* C'est ce que j'aurais tout le temps de débattre lorsque j'aurais renvoyé ma chaise et regagné mon gîte, ce que je me décidai à faire la mort dans l'âme. Vraiment, j'aimais bien cette enfant.

Vous pensez bien que le reste de la nuit s'écoula pour moi dans une complète insomnie. Toutes les déterminations, toutes les folies, me passèrent à travers la tête. Je ne songeais à rien moins qu'à la relancer jusque chez son père et à la lui arracher de force. Je délirai jusqu'au matin, me tordant comme un possédé sur mon lit, où je m'étais jeté tout habillé. L'excès seul de l'épuisement me rendit quelque calme, en me fermant les yeux et en me permettant de m'assoupir.

Une fois réveillé, je ne pris que le temps de réparer à la hâte le désordre de ma toilette; je

sortis précipitamment et sans trop savoir à quel
saint me vouer. Où aller? à qui me confier? à qui
adresser des questions?

Ma tête était un chaos qui, pour que j'y visse
quelque peu clair, avait grand besoin d'être dé-
brouillé; et c'était à quoi je m'évertuais quand
le roulement d'une voiture de maître me fit lever
le nez et jeter machinalement un coup d'œil devant moi. Le temps était magnifique; aussi la calèche, — c'en était une, — était-elle découverte.
Un individu de quarante à quarante-cinq ans et
une toute jeune fille en occupaient le fond. Il ne
me fallut qu'un regard pour reconnaître et cet
homme et cette enfant. C'étaient mes compagnons
de route de la veille! Le papa ne m'aperçut
point; mais mademoiselle Dufour m'avait, elle,
parfaitement remis. Je tirai précipitamment mon
chapeau et saluai. Celle-ci me rendit mon salut
par une inclinaison de tête.

Mais savez-vous ce que je lus sur ce visage,
qui eût dû exhaler la tendresse, la compassion,
la douleur..... et promettre une enivrante et prochaine compensation? Une expression de moque-
rie et de persiflage, un sourire sarcastique et
railleur, trop peu équivoques pour que je me
fisse un instant illusion!

Comprenez-vous? j'avais été joué par cette

petite, comme ne l'eût pas fait la coquette la
plus expérimentée, la plus raffinée ! Ah ! je m'é-
tais félicité, dans mon for intérieur, de la facilité
avec laquelle je m'étais insinué dans ce cœur ingénu, au lieu de suspecter bien plutôt cet excès
de candeur ! Pardieu ! je n'avais que ce que je
méritais, et c'était bien fait, mille tonnerres !
mais quelle haïssable, mais quelle noire créature !
Tant de duplicité, tant d'ingénuité menteuse, tant
d'hypocrisie ! N'était-ce pas à en devenir fou de
rage et de douleur ? De douleur surtout ; car, —
ce qui était le plus triste, — je l'aimais, cette
odieuse sirène !... Allons ! je n'avais qu'à décommander chaise et chevaux, le voyage était tout fait.

Mes idées bouillonnaient dans ma tête. J'eus peur
du désordre, du bouleversement sans cesse crois-
sant de ma pauvre cervelle en travail. Heureusement pour elle et pour moi, l'enfantement ne se fit
pas trop attendre : elle accoucha d'une résolution
vigoureuse, à laquelle je me cramponnai aussitôt
comme à mon unique planche de salut.

— Parbleu ! je veux me marier, le même jour
qu'elle, à la même heure et à la même église ! me
dis-je en enfonçant mon chapeau sur mon front.

J'eusse donné dix ans de ma vie pour être déjà
à ce moment-là.

Au fait, à quoi bon décommander ma chaise ?

Est-ce que M*** était pour moi absolument le terme du voyage? Non. Seulement, au lieu de prendre au galop, comme j'y comptais, la direction de la frontiére, j'allais un peu moins loin, à deux lieues de là, à Couvert, chez cette bonne tante, qui, probablement, ne m'attendait pas de sitôt.

Effectivement, lorsque je fis mon entrée dans le petit salon où elle avait coutume de se tenir, au coin d'une des fenêtres qui regardent le jardin, on ne voulut pas croire que ce fût déjà moi. Après les premières caresses du débotter, mon mariage fut aussitôt sur le tapis. Il me fut parlé plus au long, cette fois, de ma future, qu'on m'assura être charmante. Je ne répliquai rien ; tout me parut bon, avantageux, désirable. Je témoignai seulement l'envie de conclure au plus tôt ; donc, les bans et la cérémonie aussi vivement que possible. Ma tante dit oui à tout. Il fut décidé que, dès le lendemain, on mettrait les chevaux au coupé et que nous irions faire, *in fiocchi*, notre visite à M. de Courville et à mademoiselle sa fille. Eh bien, voilà toujours un nom un peu plus comme il faut que le nom de Dufour, Courville !

Le lendemain, après déjeuner, mademoiselle de Saint-Brice alla à sa toilette et m'envoya à la mienne. Trois quarts d'heure après, nous montions dans la voiture, qui s'élança hors de l'avenue sablée en pleine grande route.

Le trajet fut court, les chevaux étaient vigoureux et dévoraient l'espace; en un clin d'œil nous entrions dans M***, et, trois minutes plus tard, le cocher arrêtait devant une grande et belle maison, celle de M. de Courville.

Au moment de me trouver en présence de cette jeune fille que j'allais épouser par dépit, et, — qui sait? — peut-être aimer par dépit, j'éprouvai une émotion de curiosité assez forte pour me faire battre le cœur. On nous introduisit dans un grand et magnifique salon, trop magnifique sans doute pour être du goût le plus irréprochable; mais il ne faut point être si exigeant envers la richesse parvenue. M. de Courville devait être déjà informé de notre arrivée et ne pouvait tarder à paraître. En effet, la porte du salon s'ouvrit presque aussitôt devant le maître de la maison, que suivait timidement mademoiselle sa fille.

Je ne pus retenir un cri, M. de Courville un autre. Il n'y eut que mademoiselle de Courville qui sut se contenir, sans toutefois réprimer complétement un sourire railleur et mutin. Quant à ma tante, elle nous crut fous tous les deux.

Je ne vous ferai pas languir après le mot de l'énigme. M. et mademoiselle de Courville n'étaient rien autre que M. et mademoiselle Dufour, mes compagnons de route. Mais ceci n'explique encore les choses qu'à moitié et a besoin de commentaire.

M. de Courville, autrement et plus justement dit Dufour, n'était connu dans M*** que sous ce dernier nom ; Courville était le nom de son beau-père, qui, négociant comme lui, s'était associé à son commerce. Le gendre, à la longue, habitué à accoler à son propre nom le nom du père de sa femme, bien après la mort de celui-ci et sa retraite des affaires, signait Courville; mais comme complément à son appellation patronymique et sans prétention aucune à des dehors aristocratiques. Ma tante, elle, quoique affriandée par l'honnêteté de la dot, rougissait bien tout bas de donner pour beau-père à son neveu ce gros homme tout franc, tout vulgaire et passablement commun qui s'appelait Dufour. Dans l'impossibilité de changer son passé, de changer son physique, de changer son esprit, elle voulut au moins dissimuler tout cela autant que c'était en elle, et laisser croire aux gens qui n'apprendraient cette union que par la lettre de mariage, que mademoiselle Marie-Césarine de Courville (elle avait proscrit Joséphine comme trop commun) était de race Elle avait, pour en arriver là, pris ses pré-

cautions longtemps à l'avance : jamais elle n'a-
vait salué le bonhomme que de ce second nom,
qui sonnait mieux à ses oreilles ; et dans la lettre
qu'elle m'avait adressée, et où elle me pressait
de partir, il n'était question que de M. de Courville et pas le moins du monde de M. Dufour.

Ne s'en était-il pas fallu de l'épaisseur d'un
cheveu que j'enlevasse *ma* femme et que j'allasse
l'épouser clandestinement dans quelque coin de
l'Italie, quand rien ne s'opposait à ce que la cérémonie eût lieu et plus tôt et plus près !

Ce fut le bonhomme qui prit la parole.

— Mais c'est mon compagnon de voyage !

— Comment cela ? fit ma tante.

— Sans le savoir, sans m'en douter le moins
du monde, j'ai eu l'honneur de voyager dans le
coupé avec M. de Courville, ajoutai-je pour répondre à la question de ma tante.

— Vraiment ! s'écria mademoiselle de Saint-
Brice. C'est un singulier hasard. Comme cela, la
présentation est faite.

— Pas du tout, pas du tout ! répliqua M. Dufour, qui m'en voulait un peu de mon mutisme
prolongé. Bien que nous ayons passé ensemble
deux journées pleines, nous n'en sommes guère
plus avancés ; car nous n'avons pas échangé quatre
paroles dans la traversée.

— Comment, mon beau neveu, vous êtes taciturne à ce point, lors même que vous avez pour compagnon de voyage un minois comme celui-là ?

— Mais, ma tante, ripostai-je d'un petit air hypocrite, est-ce que je pouvais me permettre, au point où j'en étais, de trouver mademoiselle jolie ?

Cette première entrevue ne fut pas longue, comme cela se devait. Mais on m'avait octroyé, séance tenante, mes entrées à toute heure, et la faculté d'entretenir la jeune fille en parfaite licence. Pour cette fois, il ne nous fut pas loisible d'échanger le moindre mot. La maligne affecta, ce durant, de tenir les yeux baissés et d'éviter des regards qui faisaient tout pour attirer les siens.

Le lendemain même, dans la soirée, je me présentai chez l'ancien négociant; il n'y était pas, mais mademoiselle Marie s'y trouvait. Au fond, je n'en demandais pas davantage. Je passai au salon, où la jeune fille, bientôt après, vint me rejoindre.

Je m'élançai vers elle; je lui pris la main, que je serrai dans les miennes, et la menant vers un fauteuil où elle glissa plutôt qu'elle ne se posa :

— O mademoiselle, m'écriai-je, quelle aventure que la nôtre ! quel incroyable bonheur que mon bonheur ! Quoi ! celle que l'on voulait me

faire épouser par convenance est celle que je voulais épouser par amour, celle que j'eusse épou-
sée envers et contre tous ! Mais c'est à croire que
je rêve ou que je suis devenu fou, si vous ne me
dites que j'ai bien ma raison et que je suis bien
éveillé !

Elle me regarda avec une expression de lan-
gueur amoureuse et de tendresse naïve.

— Mon Dieu ! poursuivis-je avec cette faconde
des gens que la joie étouffe, mon Dieu ! comme
on a bien raison de dire qu'il ne faut désespérer
de rien ! Les apparences, la réalité, tout se dres-
sait contre moi ; malgré votre promesse, vous
m'aviez laissé me consumer d'impatience et d'an-
goisses toute une nuit, sans me donner aucun
signe de vie... Bien plus, le lendemain, lorsque
le hasard me fit vous rencontrer, si j'eusse douté
encore de votre défection, le sourire plein de mo-
querie que vous me lançâtes eût dû me convaincre
de mon malheur... Eh bien, en me rendant à l'évi-
dence la plus palpable et la plus manifeste en
apparence, je me trompais, j'accusais faussement
le sort de cruauté et de barbarie, et vous d'in-
constance et de légèreté !... Mais qui vous a appris ?... ajoutai-je.

— Votre carton à chapeau, me fut-il répondu.
Votre nom n'était-il pas dessus en toutes lettres ?

12

Ce nom était précisément celui de l'homme qu'on me destinait ; je compris tout..., et cela me fit rire.

— Oh ! je saisis bien ce sourire ; mais comment en deviner la cause ?

Il n'en fut pas dit davantage sur cette matière.

Ces projets d'enlèvement, si près d'être réalisés, étaient bien plus à oublier qu'à rappeler. Un amant trouve son compte à éveiller les idées romanesques ; mais le mariage, lui, ne peut rencontrer de sûreté et de garantie que dans les idées saines, un certain positivisme pratique et une prévention éclairée contre ce charlatanisme, contre ce déploiement de beaux sentiments qui ne dénotent qu'un grand fonds de perversité ou de niaiserie. J'étais bien un peu fâché de ce que j'avais dit et fait durant notre voyage ; mais il n'y avait point à revenir sur le passé. Au reste, la femme, à cet âge, est une pâte malléable et docile qui prend toutes les formes que l'on veut qu'elle prenne, quand l'amour est de la partie. Ma fiancée en était encore à connaître la vie ; c'était à moi à lui apprendre ce que je voulais qu'elle en sût, et à lui cacher le surplus.

— Eh bien, lui dis-je en l'enserrant dans un réseau de flamme, j'ai trouvé mon idéal ! Mais ce n'est rien, hélas ! si vous êtes moins avancée

que moi. C'est à vous, Marie, à me rassurer ou
à m'enlever toute illusion...Votre idéal à vous...
l'avez-vous rencontré ?

— Vous m'embarrassez, me répondit la ma-
licieuse créature. Je serais assez portée à croire
que le mari qu'on me destine est celui que j'eusse
choisi entre mille, si vous ne m'eussiez certifié
que je ne pourrais jamais l'aimer. Vous êtes un
homme d'expérience, et votre opinion ébranle
fort la mienne.

— Oh ! non, non, m'écriai-je en la serrant
contre mon cœur avec passion. Ne croyez que
vous-même, n'écoutez que votre cœur ! Mon opinion est une sotte qui n'a pas le sens commun
et que je vous conjure d'oublier ! Le veux-tu ?

Un « oui » bien bas, étouffé dans un baiser,
fut sa réponse.

A moins de vous raconter les petits et futiles
incidents d'un mariage qui ressembla à tous les
mariages, que vous dirai-je encore? Qu'il y a
deux ans que je suis marié; que j'aime ma femme
comme le premier jour, et qu'elle paraît m'aimer tout autant ; qu'elle m'a donné un petit ange
bouffi comme les anges de la chanson de Bé-
ranger ; que nous vivons concentrés dans notre
bonheur, sans regarder autour de nous ; que ma

femme est devenue tout à coup grave, sérieuse
posée, en devenant mère. Ma tâche est remplie
vous trouverez bon, dès lors, que je m'en tienn
là, et que je finisse en vous souhaitant, à vous
célibataire endurci, et la même chance et l
même bonheur. — Ainsi soit-il !

FIN

www.ingramcontent.com/pod-product-compliance
Lightning Source LLC
Chambersburg PA
CBHW070746280626
47162CB00017B/2382